Alizé Siffleur

Shadow
Verbotene Berührungen

Für Alan, meine zweite Hälfte,
meine Inspiration, meine große Liebe.

I feel wonderful because I see
The love light in your eyes
And the wonder of it all
Is that you just don't realize
how much I love you

Eric Clapton – Wonderful Tonight

Alizé Siffleur

Shadow
Verbotene Berührungen

Roman

ISBN: 9783751999564

„Jetzt bist du total übergeschnappt!"
Meine Schwester tippte sich mit dem Zeigefinger an die Stirn. „Das kann nicht dein Ernst sein."

„Doch, ist es. Das ist die Chance überhaupt für mich. Was meinst Du, wie es abgeht, wenn es mir wirklich gelingt, an Insiderwissen über den Club zu kommen. Wer weiß, wer sich alles dort auslebt! Semesterferien sind auch. Voilà, es passt alles ", versuchte ich Mara zu überzeugen, doch sie schüttelte den Kopf und sah mich leicht verzweifelt an.

„Wenn das in die Hose geht, dann kannst du dich warm anziehen. Überhaupt – wie denkst du dir das eigentlich. Meinst du sie warten dort nur auf dich?"

So und ähnlich ging es schon seit einer Weile zwischen uns ab. Genau genommen, nachdem ich meiner Schwester von meinen großartigen Plänen erzählt hatte. Die Idee dazu kam mir spontan, nachdem ich mich mit einer Kommilitonin, die keinen Hehl aus ihren Neigungen machte, unterhalten hatte. Sie half ab und zu im Shadow aus, dem exklusivsten und angesagtesten BDSM Clubs unserer Stadt - was sage ich – der ganzen Region. Hierbei verband sie das Angenehme mit dem Nützlich. Als devote Person bekam sie dort alles was sie brauchte, und zwar in einer mega noblen Umgebung. Zudem war die Bezahlung hervorragend.

Sie erzählte mir, dass im Shadow Dominas gesucht wurden, was so gar nicht ihr Ding war und was sie sehr bedauerte.

„Wenn ich die Gelegenheit bekommen würde, einen festen Job im Club zu ergattern, in den Inner Circle zu kommen, würde ich das Studium sofort an den Nagel hängen", erklärte sie mir. „Journalismus, das klingt erst einmal super, aber was gibt es nach dem Studium schon für Chancen? Ich habe auf jeden Fall keine Lust , Artikel über das Treffen des Kleingärtnervereins ‚Tote Hose' zu machen oder so. Onlinejournalismus ist auch nicht so mein Ding.

Hinzu kommt, dass ich im Shadow in einer Woche mehr Kohle machen könnte, als ein durchschnittlicher Schreiber in einem halben Jahr verdient."

Nun, mein Studium wollte ich auf jeden Fall abschließen, immerhin war ich im 6. Semester. Ich erwog sogar, nach dem Bachelor auch noch den Master zu machen. Niemals hätte ich mein Studium geschmissen, egal, wie viel Geld ich anderswo verdienen könnte.

Ich hatte eine ganz andere Idee. Das Zauberwort hieß investigativer Journalismus. Wenn es mir gelingen würde, in diesem BDSM Club Insiderwissen zu ergattern, dann würde ich ganz groß rauskommen. Nicht umsonst war das Shadow total abgeschottet. Es hieß, dass dort hochrangige Persönlichkeiten ein und aus gingen und ihren perversen Neigungen frönten. Wenn ich nun also als Domina freien Zutritt bekommen würde …

Na gut, den Pulitzerpreis würde ich nicht unbedingt gewinnen, aber ich würde schon einen Namen haben, bevor ich überhaupt das Studium abgeschlossen hätte. Das klang verdammt verführerisch.

Also hatte ich mich zunächst einmal schriftlich beworben, wobei ich gnadenlos geschwindelt und erklärt hatte, dass ich schon lange dominant wäre und einige Erfahrung als Domina hätte. Diese wären aber eher privater Natur. Tatsächlich bekam ich einen Termin für ein Vorstellungsgespräch.

Nachdem das geschehen war, hatte ich meine Schwester und Mitbewohnerin Mara eingeweiht.

Nun saßen wir in unserem gemeinsamen Wohnzimmer und diskutierten. Wobei man eher sagen musste, dass Mara versuchte, mich von meinem Vorhaben abzubringen und ich auf meinen Plänen beharrte.

„Du bist doch aber gar nicht dominant, oder ist mir etwas entgangen", Mara musterte mich misstrauisch.

Jetzt war es an mir, den Kopf zu schütteln.

„Nö, bin ich nicht. Jedenfalls nicht, dass ich

wüsste. Sex ist nett, aber ich kann auch drauf verzichten. Also … ich brauche nicht wild in der Gegend herumzumachen … meine ich. Jemanden geschlagen habe ich auch noch nie … beim Sex, meine ich jetzt."

Obwohl Mara nicht nur meine Schwester, sondern auch meine beste Freundin war, brachte sie mich aus dem Konzept.

Trotzdem fuhr ich tapfer fort: „Ich habe mir überlegt, dass ich als Domina die besseren Karten habe. Obwohl ich es noch nicht ausprobiert habe, ist es mir lieber, jemanden zu verhauen als anders herum. Geschlagen werden will ich auf keinen Fall! Wahrscheinlich muss ich auch gar keinen richtigen Sex haben … also so normalen … wenn du weißt, was ich meine …"

„Oh Herr, lass Hirn regnen! Wie naiv kann man sein", rief meine Schwester aus. „So stellst du dir das also vor? So viel Ahnung habe ich ja jetzt auch nicht davon, aber ich kann mir nicht vorstellen, dass du keinen Sex mit deinen Kunden haben wirst. Was machst du, wenn dich einer unbedingt vögeln will? Der Kunde ist doch wohl gerade im Shadow König. Überhaupt: weißt du denn, wie man richtig zuschlägt? Eine gewisse Technik gehört wahrscheinlich dazu. Stell dir bloß mal vor, du fügst jemandem einen bleibenden Schaden zu, weil du eigentlich keine Ahnung hast!"

„Natürlich habe ich erstmal recherchiert. Schlagtechniken habe ich mir im Internet angeschaut, das ist alles gar nicht so schwierig. Geübt habe ich auch schon reichlich!"

Mara musterte mich interessiert. „Sag bloß, du hast Peitschen gekauft oder einen Rohrstock! Lass mal sehen!"

„Du hast ja keine Ahnung, was das Zeug kostet. Das kann ich mir nicht leisten. Aber es gibt Alternativen."

„Alternativen???"

„Yep!!!"

„Jetzt rück schon raus, Girl. Womit hast du geübt?" Plötzlich schien Mara ganz Ohr zu sein.

Ich grinste sie an. „Also: erst habe ich es mit dem Kochlöffel versucht. Aber das ist nicht gut. Pfannenwender habe ich auch ausprobiert, weil der irgendwie an ein Paddle erinnert."

„Kochlöffel … Pfannenwender?", kicherte meine Schwester. „Du bist sowas von durchgeknallt. Jetzt weiß ich auch, warum neuerdings die kleine Scheibengardine in der Küche nicht mehr vor dem Fenster hängt. Du hast die Gardinenstange miss-braucht."

„Yep", nickte ich.

„Echt? Und – bringt's die Stange?", fragte Mara verblüfft, bevor sie in schallendes Gelächter ausbrach, in das ich einstimmte. „Du wirst es nicht glauben, aber üben mit der Stange ist super. Sie ist ein bisschen elastisch und trotzdem fest", keuchte ich und wischte mir die Lachtränen aus den Augen. „Erst hatte ich erwogen, heimlich einen Golfschläger von Papa zu nehmen. Aber das hätte er nachher bemerkt. Ein Golfschläger ist ja auch nicht so flexibel wie ein Rohrstock … oder eine Gardinen-stange."

Mara hielt sich den Bauch vor Lachen. „Das stelle ich mir gerade vor: Papa fragt, wo sein 6er Eisen geblieben ist und du erklärst ihm, dass du das Ding brauchst, um Schlagtechniken für einen BDSM Club zu trainieren, weil du dort als Domina anfängst."

„Siehst du, jetzt bist du gar nicht mehr so skeptisch, Schwesterherz. Sieh es mal sportlich. Erst einmal kommt das Vorstellungsgespräch, dann werde ich weitersehen. Vielleicht kann ich den Personalchef gar nicht überzeugen, dann hast du dich ganz umsonst aufgeregt. Aber falls das doch der Fall ist, werden sie dort schon nicht merken, dass ich gar keine richtige Domina bin. Ich habe nämlich ein großes schauspielerisches Talent."

Meine Schwester seufzte. „Ja sicher. Ich erinnere mich. Du hast in der Grundschule mal eine Erbsenschote gespielt. Und du meinst ernsthaft, dass dieses schauspielerische Talent ausreichen wird?"

2

Heute war der große Tag!

Mein Vorstellungsgespräch im Shadow stand an. Für den Termin hatte ich mir ein schwarzes Outfit zugelegt, obwohl das eigentlich nicht meine Farbe war. Aber ich dachte, dass hautenge schwarze Klamotten irgendwie passend wären. Dazu hatte ich meine Augen mit einem schwarzen Kajalstift stark betont und die Lippen knallrot geschminkt. Auch das war nicht meine Art. Normalerweise schminkte ich mich eher dezent. Ein bisschen komisch kam ich mir schon vor, aber es ging ja um meine Karriere und dafür musste ich halt Opfer bringen.

Der Club war komplett von einem hohen Zaun umgeben, so dass es von außen unmöglich war, einen Blick auf das Gebäude zu erhaschen.

Ein muskelbepackter Typ kam auf mein Klingeln zum Tor. „Sie wünschen?", fragte er mürrisch.

„Ich bin Laura, Laura Möller. Ich habe einen Termin für ein Vorstellungsgespräch", klärte ich auf.

„Alles klar", nach einem kurzen Blick auf eine Liste ließ mich der Wachmann das Tor passieren.

Nachdem ich mein Auto geparkt hatte, blieb ich einen Augenblick stehen und holte tief Luft. Ich war früh genug losgefahren, hatte also bis zum Termin noch etwas Zeit.

‚Ganz schön nervös, Laura! Komm runter', dachte ich.

Was hatte ich schon zu verlieren? Im schlimmsten Fall würde ich ausgelacht werden, weil das Training mit der Gardinenstange nichts gebracht hatte oder man mir sofort anmerkte, dass ich gar nicht dominant war. Jedenfalls meines Wissens nach. Aber wer kann schon wirklich sagen, was für verborgene Talente er hat.

Entschlossen straffte ich die Schultern und versuchte möglichst grimmig dreinzuschauen. Dominamäßig eben. Dann stellte ich mir vor, ich würde eine Peitsche schwingen und machte probehalber ein Paar Übungshiebe.

„Ups, das war knapp!", hörte ich eine amüsierte Stimme hinter mir.

Erschrocken drehte ich mich um. Verflixt, vorhin war ich noch allein auf dem Parkplatz gewesen. Jetzt blickte ich in ein Paar funkelnde, graue Augen, die zu einem gutaussehenden Mann Mitte 30 gehörten. Bestimmt hatte der Typ mich beim Peitschentraining beobachtet. Wie peinlich!

‚Laura, bleib cool', sagte ich mir. ‚Das ist vielleicht ein Kunde, den du irgendwann verprügeln musst.'

Also beschloss ich, gleich die Domina raushängen zu lassen. „Hey", sagte ich deshalb mit meiner tiefsten Stimme. „Komm mir lieber nicht in die Quere."

Der Mann hob grinsend die Hände. „Never mind. Ich gehe ja schon. Aber vielleicht solltest du dich erst umschauen, wenn du so merkwürdig in der Luft herumfuchtelst. Du könntest jemanden verletzten." Damit ließ er mich stehen und strebte dem Gebäude zu, in dem der Club untergebracht war.

„Ist ja gut. War nur das letzte Training", murmelte ich und folgte ihm in gebührendem Abstand.

Das Gebäude faszinierte mich. Irgendwie hatte ich einen völlig überladenen Bau erwartet, der Säulen und Erker und allen möglichen Schnickschnack hatte. Doch dieses Gebäude war modern und völlig schnörkellos. Es wirkte wie eine riesige Villa aus Glas und Stahl.

Ich holte noch einmal tief Luft und betrat die Lobby. Hier war die Einrichtung hell, geschmackvoll und überhaupt nicht so, wie ich es mir vorgestellt hatte.

Eine freundliche Rezeptionistin lächelte mir entgegen.

Verstohlen sah ich mich um. Ein Glück, der Typ vom Parkplatz war nicht zu sehen.

„Hallo, ich bin Crissy, was kann ich für Sie tun?" Erwartungsvoll sah Crissy mich an.

„Hallo, ich habe einen Termin. Mein Name ist Laura Möller."

Crissy schaute in ihre Unterlagen. „Ja, genau, hier steht es. Sie haben ein Vorstellungsgespräch bei Mister Bain. Ich sage sofort Bescheid. Bitte nehmen Sie Platz. Die Assistentin von Mister Bain holt Sie dann hier ab." Sie wies auf eine der Sitzgruppen, die locker im Raum verteilt waren. „Dort vielleicht?"

„Danke. Aber sagen Sie doch einfach Laura", antwortete ich spontan. Crissy war mir auf den ersten Blick sympathisch.

Jetzt lächelte sie. „Gern, Laura. Übrigens: Sie müssen nicht aufgeregt sein. Mister Bain ist wirklich nett und sehr fair."

Oh je, sah man es mir also an, dass sich mein Pulsschlag inzwischen verdoppelt hatte? Ich nickte Crissy zu und versank in einem der bequemen Sessel.

Wenig später stöckelte eine gutgebaute Blondine auf mich zu. „Laura Möller? Hallo, ich bin Denise, die Assistentin von Mick Bain. Bitte folgen Sie mir. Mister Bain hat jetzt Zeit."

Während sie auf den Fahrstuhl zusteuerte, sprach sie weiter, ohne sich überhaupt zu vergewissern, dass ich ihr folgte. „Eigentlich führt Mick, also Mister Bain, keine Vorstellungsgespräche. Aber Thomas, sein Bruder, ist heute nicht im Haus. Er ist in der Regel für Neueinstellungen zuständig. Jetzt muss sich der Boss selbst darum kümmern. Tja, den Club zu führen ist halt ein Fulltime-Job. Ich tue was ich kann, um Mick zu unterstützen."

Ich schluckte. Also würde ich gleich vom Firmenboss selbst interviewt werden. Das hatte ich nicht erwartet. Nun, vielleicht war es ganz gut, Mick Bain direkt kennenzulernen.

Weiter zu überlegen blieb mir sowieso keine Zeit, denn wir waren in ihrem Büro angekommen. „Wie Sie sehen, kommt niemand, der zum Boss will an mir vorbei, wenn ich das nicht möchte", erklärte sie ein wenig spitz und klopfte an die Tür zu Bains Büro.

„Laura Möller ist jetzt da", mit diesen Worten bedeutete sie mir, ihr zu folgen. Ich straffte die Schultern, bemühte mich, eine freundlich - gleichmütige Miene aufzusetzen und betrat forschen Schrittes das Allerheiligste. Ich würde Bain schon davon überzeugen, mich als Domina einzustellen. Das wäre doch gelacht.

„Guten Tag, es freut mich Sie kennenzulernen", sagte ich laut und deutlich.

Dann stutze ich.

Oh nein!

Hinter einem beeindruckenden Schreibtisch saß der Mann vom Parkplatz. Er musterte mich einen Moment stumm.

„Also SIE sind Laura Möller", sagte er gedehnt. „Das hätte ich mir denken können, nach Ihrer Vorstellung vorhin. Danke, Denise, das wäre dann alles", wandte er sich an seine Assistentin, die prompt den Raum verließ.

„Setzen Sie sich doch." Er wies auf einen Sessel, der vor seinem Schreibtisch stand. Wortlos ließ ich mich in das Sitzmöbel sinken.

Verdammt!

Ausgerechnet der Typ, den ich mit meinem Peitschentraining fast erschlagen hätte! Unbehaglich räusperte ich mich, während Bain mich weiter musterte. Irrte ich, oder sah er belustigt aus?

Ich beschloss, in die Offensive zu gehen.

„Hallo, ja, ich bin also Laura. Das vorhin tut mir leid, wirklich ...“

‚Halt, Laura, du bewirbst dich als Domina, also benimm dich gefälligst dominant!‘

Nach diesem Gedanken fuhr ich forscher als ich mich fühlte fort: „Sie hätten wirklich besser aufpassen müssen. Was laufen Sie auch so nah an mir vorbei .... Ähm ja ...“ So richtig wusste ich nicht, was ich noch sagen sollte.

Bain schien das zu bemerken. Wieder streifte mich ein belustigter Blick. „Vergessen wir deine Fuchtelattacke von vorhin einfach. Du willst also als Domina bei uns arbeiten“, ein Blick in die Unterlagen, die vor ihm auf dem Schreibtisch lagen. „Erzähl mir ein bisschen was über dich.“

Jetzt wurde es ernst.

„Mein Name ist Laura Möller. Ich bin 23 Jahre alt und habe mich für den Job als Domina beworben, weil es meinen Neigungen sehr entgegenkommt. Es reizt mich, dem Partner Befehle zu geben, ihn zu züchtigen, wenn er nicht spurt, eben dominant zu sein. Im Club hätte ich die Möglichkeit, mich auf eine professionelle Art und Weise auszuleben."

„Hm, aber du hast noch nicht als Domina gearbeitet, richtig?", fragte Bain. „Was hast du bisher gemacht?"

Böse Falle.

Natürlich konnte ich nicht sagen, dass ich Journalistik studierte. Das hätte den Clubbesitzer sofort misstrauisch gemacht. Aber auch darüber hatte ich bereits nachgedacht und eine Lösung gefunden.

„Ich habe nach dem Abi im Service gearbeitet, weil ich nicht so richtig wusste, wie es weitergehen soll. Das waren eher Gelegenheitsjobs. Mal hier mal da. Deshalb habe ich keine Unterlagen. Meistens war ich hinter der Bar, weil es mir nichts ausmacht, nachts zu arbeiten. Der Umgang mit Menschen macht mir wirklich Spaß, trotzdem war das alles nicht das Richtige. Ich glaube, dass ich hier endlich einen Job gefunden der mich ausfüllt."

‚Ausfüllt', hatte ich das wirklich gesagt? Ich verstummte.

„Okay, du hast also tatsächlich keine professionellen Erfahrungen. Das ist nicht gut. Wir haben im Club hochrangige Gäste, die es gewöhnt sind, vom Feinsten bedient zu werden. Wie stellst du dir das vor? Ich werde dich nicht so ohne weiteres auf unsere Kundschaft loslassen."

Mit diesem Einwand hatte ich gerechnet und mir auch dazu eine Antwort überlegt. „Ich habe zwar noch nie als Domina gearbeitet, aber trotzdem habe ich reichlich Erfahrung sammeln können. Mit den verschiedensten Partnern. Dabei habe ich noch nie jemanden enttäuscht. Bisher ist noch jeder auf seine Kosten gekommen und ich natürlich auch." Ich schluckte, beschloss aufs Ganze zu gehen. Schließlich hatte ich nicht umsonst ausführlich recherchiert und stundenlang mit der verflixten Gardinenstange geübt. Da Bain mich duzte, tat ich es ihm nach. „Wenn du mir eine Chance gibst, dann werde ich dir zeigen, wie gut ich bin. Ein Naturtalent eben. Von mir aus können wir beide eine Session abhalten, falls du dabei mein Sklave sein möchtest. Es geht natürlich auch, dass du einen anderen devoten Partner bestimmst, mit dem ich spiele. Dabei kannst du dann zuschauen. Als Probelauf, könnte man sagen."

Bain war während meines Vortrags aufgestanden und hinter mich getreten, ziemlich nah hinter mich. Ich lugte über die Schulter, schaute zu ihm hoch. Er sah mich mit einem merkwürdigen Gesichtsausdruck an. Dies und seine Nähe machten mich nervös. Gleichzeitig spürte ich ein Kribbeln zwischen meinen Schenkeln.

‚Oh nein, Laura, dieser Typ macht dich nicht an. Er ist aufgeblasen und gar nicht dein Typ. Du stehst auf nette Studenten, die in deinem Alter sind und ganz einfach unkomplizierten Blümchensex haben wollen. Dieser Mann will das sicher nicht‘, appellierte ich an meinen gesunden Menschenverstand.

Trotzdem kribbelte es. War es sein Geruch, der mich so anmachte? Ein wenig herb, Sandelholz, Leder und einfach Mann. Oder war es seine Präsenz - so nah bei mir? Viel zu nah! Jetzt legte Bain mir auch noch die Hände auf die Schultern. Ganz sanft, trotzdem kam es mir vor, als würde ich jeden seiner Finger fest auf der Haut spüren.

Ein Schauer erfasste mich. Verdammt. Das hatte er bestimmt mitgekriegt. Ich musste mich unbedingt zusammenreißen. Derweilen ließ er seine Hände weiterwandern, legte sie spielerisch um meinen Hals und beugte sich zu mir hinunter.

„So, so, 23 Jahre alt und schon reichlich Erfahrung gesammelt hat die Lady? Das ist ja interessant. Bist wohl eine kleine Herumtreiberin, die jeder haben kann, was? Oder gibt es jemanden?", flüsterte er in mein Ohr.

Sein heißer Atem streifte mich und brachte mich noch weiter aus der Fassung. Ich merkte, dass ich rot wurde. Das ging gar nicht, wenn ich die taffe Domina spielen wollte!

„Was heißt das denn! Schließlich muss ich mich ausprobieren. Der Erstbeste ist mir nicht gut genug. Im Moment gibt es niemanden, fass du es genau wissen willst. Warum sich auf einen festlegen, wenn man viele haben kann", sagte ich mit belegter Stimme und versucht mich mit einem Ruck von seinen Händen zu befreien und etwas Abstand zwischen uns zu bringen.

Er quittierte meine Bemühungen mit einem Lachen, ließ aber wenigstens von mir ab.

„Die Lady ist empfindlich? Das solltest du dir schnellstens abgewöhnen", mit diesen Worten ging er wieder um seinen Schreibtisch und setzte sich. „Eigentlich dürfte ich dich nicht einstellen, das sollte dir klar sein, aber du interessierst mich. Deshalb mache ich eine Ausnahme. Laura, du hast den Job und zwar ab sofort. Morgen beginnt sowieso eine Einweisung, die über drei Tage läuft. Daran nimmst du teil. Einverstanden?"

Damit hatte ich nach dem Verlauf des Gesprächs gar nicht gerechnet. „Ja klar! Sicher! Toll!" quiekte ich gar nicht dominahaft.

Wieder traf mich ein belustigter Blick. „Dann ist es ja gut. Also - wir sehen uns morgen. Den Termin gibt dir Denise. Sei bitte pünktlich."

„Bin ich, Sir, und danke, vielen Dank", entfuhr es mir, worauf mich Bain wieder mit diesem besonderen Gesichtsausdruck ansah, aber das nahm ich nur am Rande wahr.

3

Aufgeregter als ich war wohl niemand!
Wieder stand ich an der Rezeption des
Clubs. Wieder lächelte mich Crissy freund-
lich an.

„Du bist also mit im Boot. Das freut mich",
strahlte sie. „Du brauchst dich nicht zu
wundern. Wir duzen uns hier alle. Man
könnte sagen, wir sind eine große Familie.
Das wirst du noch feststellen."

Ich lächelte zurück und bemühte mich,
unverkrampft rüberzukommen. „Hallo.
Stimmt, ich bin eingestellt. Heute soll es
eine Einweisung geben. Als Domina. Daran
nehme ich teil und dann geht die Post ab."

Crissy musterte mich ein Augenblick irri-
tiert. „Du, eine Domina? Das hätte ich
nicht gedacht, sondern das Gegenteil vermutet. Aber gut. Ein paar von deinen zu-
künftigen Kolleginnen sind schon da. Die
Einweisung findet im Seminarraum statt."

Sie erklärte mir genau, wohin ich gehen
musste.

Vor der richtigen Tür holte ich noch einmal tief Luft, klopfte an und betrat den angewiesenen Raum. Ich sah mich um und stellte fest, dass dies eher ein Saal als ein Zimmer war.

„Hallo", nickte ich den sich bereits im Raum befindenden Mädels zu. „Ich bin Laura."

Die Antworten bekam ich allerdings nicht mehr so richtig mit, denn was ich hier sah, verschlug mir ein wenig die Sprache und zog mich gleichzeitig magisch an.

Es gab verschiedene Betten mit Fesseln an Fuß - und Kopfenden. Zusätzlich an der Decke befestigte Haltevorrichtungen dienten vermutlich dazu, jemanden an ihnen festzuzurren. Rundherum standen Vitrinen, in denen verschiedene Peitschen, Stöcke und Sextoys waren. Natürlich kannte ich einen Teil dieser Utensilien, allerdings eher theoretisch, weil ich mir bei meiner Recherche Bilder davon im Internet angeschaut hatte. In einen Sexshop zu gehen, hatte ich mich nicht so recht getraut.

An jedem Bett stand zusätzlich eine Kommode. Neugierig zog ich eine Schublade auf. Hier lagen etliche Halsbänder. In der nächsten Schublade befanden sich Tücher.

„Wer hat dir erlaubt, einfach herumzuschnüffeln", donnerte eine Stimme hinter mir.

Ich hätte es mir denken können! Mick Bain! Insgeheim hatte ich gehofft, dass er bei der Einweisung nicht zugegen wäre, aber so viel Glück hatte ich nicht.

Schon kam er auf mich zu und stellte sich so nah vor mich, dass mir wieder sein verlockender Duft in die Nase stieg. „Was soll das, Laura?"

Heute wollte ich nicht klein beigeben. „Warum regst du dich so auf? Ich habe nur mal geguckt. Das ist doch wohl keine große Sache."

Er musterte mich von oben bis unten. „So, ist es nicht? Siehst du hier noch jemand anderes in den Schubladen herumwühlen? Das fängt ja gut an."

Oh je, das klang nicht gut. Wortlos stellte ich mich zu den Anderen. Meine Nebenfrau grinste mich an. „Da hast du dich wohl unbeliebt gemacht, Süße", flüsterte sie gehässig. Ich warf ihr einen kurzen Blick zu und zuckte betont lässig mit den Schultern.

„Ladies, ihr seid hier, um einiges über die Gepflogenheiten im Shadow zu lernen.

Unsere Klientel kann miteinander spielen, wenn sie es wünscht. Daneben ist es möglich, eine Domina bzw. einen Dom zu buchen. Hier kommt ihr ins Spiel. Wie ihr wisst, sind unsere Kunden zum Teil hochrangige Persönlichkeiten. Deshalb steht Diskretion immer an erster Stelle. Zwar sollt ihr dominant sein, doch ist es wichtig, dass ihr euch klar macht, dass der zahlende Kunde bestimmt. Zudem könnte dieser Kunde ein einflussreicher Mann oder eine einflussreiche Frau sein, der im wirklichen Leben wichtige Entscheidungen trifft und sich bei uns fallen lassen will. Vergesst das niemals.

Die Sessions finden in der Regel in abgeschlossenen Räumen statt. Nur, wenn der Kunde es wünscht, sind Zuschauer zugelassen. Jedes Spielzimmer hat zudem einen Bereich, in dem sich der Kunde nach der Session aufhalten und zur Ruhe kommen kann", erklärte Bain in geschäftsmäßigem Tonfall.

Ich atmete auf. Er hatte mich bei diesen Ausführungen nicht öfter als nötig angeschaut. Vielleicht würde er mich in Ruhe lassen.

„Ich führe die Einweisung selbst durch, weil es wichtig ist, dass genau darauf geschaut wird, ob ihr wirklich geeignet für den Job seid. Da mir der Club gehört, bin ich auch dafür verantwortlich, dass alles zur Zufriedenheit des Kunden läuft", fuhr er fort. „Wir fangen am besten sofort mit der Praxis an. Für jede von euch kommt gleich ein passender Gegenpart. Ihr könnt mit den Subs machen was ihr wollt. Es gibt kein spezielles Safeword. Ihr benutzt die Ampel. Ihr wisst schon: Grün heißt alles in Ordnung, Gelb bedeutet Vorsicht, es wird grenzwertig. Bei Rot wird sofort abgebrochen."

Wie auf Kommando öffnete sich die Tür. Sechs, nur mit ihren Boxershorts bekleidete Typen betraten den Raum. Mir wurde heiß, denn damit hatte ich so schnell nicht gerechnet. Ein kleiner, älterer Mann stellte sich vor mir auf.

Auch das noch!

„Hallo", murmelte er.

‚Laura, jetzt musst du total taff sein. Denk daran, was du gelesen hast ...'

„Wer hat dir erlaubt zu sprechen", fuhr ich ihn direkt an. „Du sprichst nur, wenn ich es will."

Gefügig nickte mein Gegenüber und schaute vor sich auf den Boden.

Super! Der erste Erfolg auf meinem Weg zur Domina. Besser gesagt auf meinem Weg die Medienwelt zu erobern. Das wollte ich auf keinen Fall aus den Augen verlieren.

„Geht doch."

Langsam strich ich ihm mit den Fingernägeln den Hals hinunter und über die Brust. Sein Atem wurde schneller. Bemerkenswert. So wenig brauchte es also!

Ich zog die Kommodenschublade mit den Halsbändern auf. ‚Gut, dass ich vorher schon danach geschaut habe‘, dachte ich grinsend und konnte mir einen Seitblick auf Mick Bain nicht verkneifen. Er erwiderte meinen Blick mit gerunzelten Augenbrauen.

Jetzt nur nicht ablenken lassen!

Ich wählte ein Halsband aus. Dann stellte ich mich wieder vor meinen Sub, legte ihm die Hände auf die Schultern und drückte ihn nach unten.

„Auf die Knie, Hände auf die Oberschenkel", befahl ich streng.

Sofort ließ er sich auf die Knie sinken und ich legte ihm das Halsband an. Anschließend musterte ich ihn kurz.

Gar nicht mein Typ! Zu alt, zu schwammig. Bei dem Gedanken es in Zukunft mit solchen Männern zu tun zu haben, wurde es mir ganz anders. Trotzdem machte ich weiter: „Wie fühlt sich das an?"

„Gut."

Das war ein Regelverstoß, den er absichtlich beging. Ich griff in sein Haar, riss seinen Kopf hoch. „Wie heißt es korrekt?"

„Gut, Herrin", korrigierte er sich.

Ich nickte und ließ ihn los. „Besser. Beim nächsten Ungehorsam werde ich dich bestrafen müssen."

Langsam umrundete ich ihn. Wie sollte es weitergehen? Wieder kramte ich in der Kommode, holte einen Schal heraus und verband ihm die Augen. Dann griff ich mir ein Paddle aus einer der Vitrinen und strich ihm damit spielerisch über den nackten Oberkörper.

„Aber du willst mir sicher gehorchen, oder?", knurrte ich, so böse ich konnte. „Sonst wird es sehr übel für dich, das kannst du mir glauben!" Ich bekräftigte meine Aussage mit einem leichten Klaps mit dem Paddle.

Das klappte schon ganz gut.

Wieder beschleunigte sich sein Atem. Er nickte heftig mit dem Kopf. „Ich will gehorsam sein, Herrin", japste er. Deutlich war eine Ausbuchtung in seinen Shorts zu erkennen.

„Gut, vielleicht bekommst du dann eine Belohnung." Das sagte ich so motiviert wie möglich, aber ich musste feststellen, dass mich die Situation ganz und gar nicht anmachte.

Bain unterbrach die Sitzungen, indem er in die Hände klatschte. „Wie ich sehe läuft es bei allen ganz gut. Wir können jetzt noch einmal Grundsätzliches erläutern, bevor wir einen Partnerwechsel durchführen."

Mein Sub stand wortlos auf und stellte sich zu seinen Kollegen, die sich bereits aus der jeweiligen Situation gelöst hatten.

Bain musterte uns einen Moment wortlos. Dann winkte er leger in meine Richtung.

„Laura, komm doch für einen Augenblick zu mir."

Was sollte das jetzt? Hatte ich etwas nicht richtig gemacht? Ich zögerte.

Ungeduldig blaffte Bain mich an. „Komm schon her. Es lässt sich anschaulicher erklären, wenn ich ein Versuchsobjekt habe."

Versuchsobjekt?

Konnte er sich dafür nicht ein der Anderen aussuchen? Seufzend ging ich zu ihm, schaute zu ihm hoch und das wörtlich gemeint. Dass er so groß war, hatte ich irgendwie verdrängt. Ich reichte ihm gerade bis zur Brust.

„Es ist wichtig, dass ihr zunächst ein Vertrauensverhältnis aufbaut", sagte Bain. Er strich mir sanft über die Wange, legte dann die Hände vorsichtig um meinen Hals, strich mit dem Daumen über meine Halsschlagadern, was meinen Blutdruck in die Höhe trieb.

Ohne mich aus den Augen zu lassen redete Bain weiter. „Der Sklave, bzw. die Sklavin soll sich bei euch gut aufgehoben fühlen. Doch es muss von Anfang an klar sein, dass ihr nichts durchgehen lasst." Mit diesen Worten fasste er meine Schultern und drehte mich so, dass ich mit dem Rücke zu ihm stand.

„Ich weiß, dass dir das gefällt", flüsterte er mir ins Ohr.

„Von wegen! Ich mache nur mit, weil du der Boss und ich das Versuchsobjekt bin", zischte ich zurück.

„Jeder Ungehorsam wird natürlich bestraft. Das gehört zum Spiel. Für einige Kunden reicht eine sanfte Bestrafung, andere wollen hart bestraft zu werden. Das ist ihr Kick."

Er griff mit einer Hand in mein Haar, zog meinen Kopf zurück. Hitze schoss mir in den Unterleib, meine Brustwarzen zogen sich zusammen. So sehr ich mich bemühte unbeteiligt zu wirken, so wenig gelang es mir.

„Du wirst feucht", raunte er mir zu.

Ich schüttelte den Kopf, soweit das möglich war und versuchte meine Erregung zu unterdrücken.

Mit bemerkenswert unbeteiligter Stimme fuhr Bain fort. „Gehorsam wird belohnt. Der Kunde gibt vor der Session an, wie das aussehen soll."

Abrupt ließ er mein Haar los, legte die Hände auf meine Taille und zog mich nah an seinen Körper.

„Du bist geil. Ich könnte jetzt mit dir machen was ich will!"

Wenn ich ehrlich war, dann musste ich ihm recht geben. Mein Slip war kladdernass, so sehr erregte mich die Situation mit diesem Mann.

„Von wegen ich und geil. Es bohrt sich gerade etwas Hartes in meinen Rücken", fauchte ich, wenn auch nur für ihn hörbar. Tatsächlich spürte ich sein hartes Glied nur zu genau.

Leise lachend ließ er mich los. „Danke, Laura. Wir werden noch viel Spaß miteinander haben."

Mit hochrotem Gesicht und ein wenig atemlos ging ich wieder auf meinen Platz.

„Die tut alles für den Job", hörte ich es flüstern. Das war offensichtlich die Frau, die mich vorhin schon angemacht hatte.

„Nur kein Neid", murmelte ich hörbar.

Wieder klatschte Bain in die Hände. „Und jetzt gibt es einen Partnerwechsel. Bitte, Ladies. Lasst eurer Fantasie freien Lauf."

Dieses Mal war mein Sub wenigstens jünger und weniger schwabbelig, was mich aufatmen ließ. Doch auch diese Session ließ mich kalt. Im Gegenteil, mein Slip trocknete nach und nach wieder.

Schließlich entließ uns Bain mit dem Hinweis, sich am nächsten Tag um dieselbe Zeit wieder im Seminarraum einzufinden.

Zu Hause angekommen wartete Mara bereits auf mich. Sie musterte mich interessiert. „Na, wie war dein erster Tag im Puff?"

Ich boxte ihr spielerisch auf den Oberarm. „Das Shadow ist kein Puff! Jedenfalls nicht so richtig. Die Kunden dort können auch miteinander spielen und müssen niemanden buchen, wenn sie das nicht wollen. Im Übrigen sieht es dort echt dezent aus und super edel. Nichts erinnert an einen Puff. Also wirklich!"

Ah, ha, spielen nennt man das?", sagte Mara sarkastisch. „Dann ist es eben ein Swinger Club für gut betuchte Kundschaft. Aber man kann sich dort doch jemand Professionelles kommen lassen. Das erinnert fatal an ein Bordell. Gehst du morgen wirklich wieder dorthin? Oder hast du schon die Nase voll?"

Ich beschloss mich für heute nicht mehr provozieren zu lassen. Nicht einmal von meiner Schwester.

„Weißt du, Mara", sagte ich deshalb, „ich habe heute so viel erlebt, das muss ich erst einmal verarbeiten. Bitte lass mich einfach in Ruhe. Alles was ich jetzt brauche, ist eine heiße Dusche, eine Pizza, ein Glas Wein und keine dummen Sprüche."

Meine Schwester hob abwehrend die Hände. „Alles gut. Sei nicht so empfindlich. Ich mache mir doch nur Sorgen um dich und ich finde es immer noch nicht gut, was du machst."

Ich nahm sie in den Arm und drückte sie.

„Danke dir, aber es ist wirklich alles im grünen Bereich."

4

*„Wirst du heute wieder mit dem Boss her-
ummachen?",*

giftete Nadine, denn so hieß die Person,
die mich schon am Vortag angemacht hatte.

Ich zuckte gleichgültig mit den Schultern.
„Von mir aus kannst du ihn haben. Ich lege
keinen Wert auf seine Aufmerksamkeit."

Statt weiter zu pesten fixierte Nadine gebannt jemanden, der hinter mir stand.
Böses ahnend drehte ich mich um.

Richtig!

Mick Bain hatte unser kurzes Gespräch
mitbekommen. Jetzt grinste er uns über-
heblich an. „Ladies, auf eure Plätze. Heute
wollen wir uns mit den Toys beschäfti-
gen."

Bain ging mit uns die vorhandenen Sextoys
durch, fragte nach, was bekannt war. Dabei stellte sich heraus, dass meine Mitdo-
minas sich bestens auskannten. Ich hielt
mich zurück, weil ich mein Wissen zum
größten Teil aus dem Internet hatte. Das

fiel aber zum Glück nicht weiter auf, zumal mich Bain heute zu ignorieren schien, was mir ganz recht war.

Schließlich hob er die Hand. „Ich denke es wäre nicht schlecht, wenn ihr einiges selbst einmal ausprobiert, falls ihr das noch nicht gemacht habt. Fangen wir doch mit den Nippelklemmen an. Sucht euch eine Partnerin. Ihr könnt sie euch gegenseitig anlegen."

Für einen Augenblick vergaß ich zu atmen. Das konnte doch unmöglich sein Ernst sein! Sextoys selbst ausprobieren? Würde er auch erwarten, dass wir uns gegenseitig einen Plog in den Allerwertesten schoben? In meinen Kopf ging es drunter und drüber, die Gedanken überschlugen sich. Ich beschloss, mir auf keinen Fall irgendwelche Nippelklemmen anlegen zu lassen. Genauso wenig, wie ich andere Toys am eigenen Leib ausprobieren würde. Das hatte ich noch nie getan und wenn ich ehrlich war, hatte ich eine Heidenangst davor.

Nadine stellte sich neben mich. „Wir beide sind doch ein hübsches Team", erklärte sie hinterhältig. Verwirrt schaute ich mich um. Auch die Anderen standen paarweise zusammen.

Nadine zog sich ihr Shirt über den Kopf. „Na los, worauf wartest du noch?", rief sie ungeduldig aus. Irgendwie schien sie zu ahnen, dass ich nicht bereit war, mich von ihr befummeln zu lassen. „Oder hast du Probleme damit?", sagte sie unüberhörbar laut.

Prompt schlenderte Bain auf uns zu. „Was ist los?", fragte er. „Hat hier jemand keine Lust weiterzumachen?"

Ich biss mir auf die Lippen.

„Laura, was soll das? Mach schon! Falls du es nicht drauf hast, lege ich mir die Klemmen auch selbst an." Nadine wusste genau, was sie tat.

Bain schaute mich prüfend an. „Was ist los?", fragte er wieder.

Ich schüttelte den Kopf. „Ich will das nicht."

„Was heißt das? Was willst du genau nicht?"

Kam es mir nur so vor oder sah Bain besorgt aus. Bestimmt nicht. Wahrscheinlich machte er sich insgeheim über mich lustig. Trotzig warf ich den Kopf in den Nacken. „Als Domina habe ich es nicht nötig, mir Nippelklemmen anlegen zu lassen. So einen Mist muss ich nicht mitmachen."

Nadine meldete sich zu Wort: „Stell dich bloß nicht so an. Sei froh, dass es keine Pussyklemmen sind."

Bain ignorierte ihre Bemerkung. Er schaute mich intensiv an. „Du wirst dir jetzt die Bluse ausziehen und dir die Klemmen anlegen lassen."

Auch ich schaute ihm gebannt in die Augen. In diesem Moment gab es nur ihn und mich in diesem Raum. Ich tastete nach den Knöpfen meiner Bluse.

‚Stopp, Laura! Du wirst dich hier nicht vorführen lassen.'

Störrisch schüttelte ich den Kopf. „Nein! Das mache ich nicht! Auf gar keinen Fall!"

„Okay, du kannst gehen."

Hatte er das jetzt wirklich gesagt? Er kann mich doch nicht einfach rauswerfen.

„Wie bitte?", fragte ich sicherheitshalber.

„Das war's für dich. Du kannst gehen."
Bain wies auf die Tür.

Wie in Trance verließ ich den Seminarraum. Bain hatte mich wirklich gefeuert. All die Mühe war umsonst gewesen.

Verdammt!

Ich schlug mit der flachen Hand an die Wand. Aus der Karrieretraum. Nur, wegen der blöden Klemmen. Weil ich in Panik verfallen war und mich deshalb so dämlich und verklemmt angestellt hatte. Weil ich Angst bekommen und deshalb gekniffen hatte. Ich bereute meine Entscheidung. Was sollte ich denn jetzt machen? Ich lehnte mich an die Wand und versuchte ruhig und gleichmäßig zu atmen.

„Alles in Ordnung?", fragte eine dunkle Stimme. Ich drehte mich um, stand einem blonden Hünen gegenüber. Und ich hatte gedacht, Bain wäre groß. Dieser Typ überragte ihn bestimmt um einen Kopf. Irgendwie ging von ihm eine animalische Wildheit aus.

„Ist alles klar mit dir?", fragte er noch einmal.

„Ja, nein, ich bin gerade gefeuert worden", antwortete ich niedergeschlagen. „Aber sonst ist alles klar."

„Was hast du denn angestellt?"

„Ich … also … nichts. Ich habe mich einfach dämlich angestellt und da hat Bain, ich meine der Boss, mich rausgeschmissen", stammelte ich hilflos.

Der Hüne lachte dröhnend. „So, rausgeschmissen hat er dich. Aus dem Raum oder aus dem Club? Das wäre die Frage."

„Na ja, erst mal aus dem Raum, aber ich glaube das war eine Kündigung."

Er musterte mich von oben bis unten. „Dann ist Bain dümmer, als ich ihn eingeschätzt habe. So eine Schönheit wie dich würde ich nur für mich behalten wollen und ganz bestimmt nicht vor die Tür setzten. Mit dir könnte ich mir eine Menge netter Dinge vorstellen", mit diesen Worten kam er näher und legte seine Hände rechts und links von mir an die Wand.

Das war mir entschieden zu nah und irgendwie alles zu viel. Erst Bain und jetzt dieser Halbwilde. Wut stieg in mir auf. „Was soll das denn! Lass mich gefälligst in Ruhe. Ich kann mir mit dir gar nichts vorstellen, außer, dass ich mein Knie hochziehe und dir einen Satz blauer Eier beschere."

Er lachte dröhnend. „Dich gefügig zu machen, das wäre ein echtes Vergnügen. Ich würde wetten, du stehst drauf."

Die Tür zum Seminarraum öffnete sich, Bain stand vor uns. „Was ist hier los?", fragte er aufgebracht.

„Ich habe eine Wildkatze gefunden", erklärte der Hüne. „Sie sagt, du hast sie gefeuert. Stimmt das?"

Bain musterte mich von oben bis unten. „Ja, das ist teilweise richtig", antwortete er gedehnt.

Dann wandte er sich dem Hünen zu. „Jetzt lass sie in Ruhe, Thor. Du kannst dich für eine Weile um die Ladies im Seminarraum kümmern. Als erfolgreicher Dom und ausgesprochener Sadist kannst du ihnen sicherlich einiges erzählen. Aber lass deine Hände bei dir. Die Ladies sind allesamt dominant und quälen selbst gern, das ist nichts für dich."

Thor? Ein hysterisches Kichern stieg in mir hoch. Du lieber Himmel – wie konnte man sich bloß so nennen.

Obwohl ich versucht hatte, das Kichern zu unterdrücken, hatte Bain mich gehört. Er konzentrierte sich auf mich. „Laura, komm mit in mein Büro. Wir müssen reden."

Das klang wie ein Befehl. Mit wackeligen Knien folgte ich ihm.

5

„Also, was sollte das gerade",
fragte er streng, nachdem er die Bürotür
hinter sich geschlossen hatte.

Inzwischen hatte ich mich wieder etwas
gefasst. „Tut mir leid", murmelte ich. „Ich
weiß auch nicht, was in mich gefahren ist.
Aber du hättest nicht gleich so reagieren
müssen. Das war unfair."

„So, unfair! Es war dein Verhalten, das
nicht korrekt war. Du hast meinen Anweisungen zu folgen", knurrte Bain aufgebracht.

Er stellte sich nah vor mich, nahm mein
Kinn in die Hand und zwang mich, ihm in
die Augen zu schauen.

Er war mir zu nah, viel zu nah.

Wieder atmete ich seinen Duft ein. Für
einen Moment schloss ich die Augen,
lehnte mich an ihn. Fühlte mich irgendwie
willenlos. Wieder machte sich Nässe zwischen meinen Schenkeln breit.

Doch der Augenblick war schnell vorbei,
mein Widerspruchsgeist regte sich. Ich trat

einen Schritt zurück. „Pah, ich muss gar nichts. Und unsinnigen Anweisungen muss ich schon gar nicht folgen", sagte ich provokativ. „Was soll das denn? Sextoys im Rudel ausprobieren. Schwachsinn!"

 Mit einem Schritt war er wieder bei mir, zog mich dicht an sich. Ich wollte mich wehren.

Ehrlich!

Aber es gelang mir nicht ansatzweise.

Er fasste in mein Haar, zog meinen Kopf zurück. „Du hast hier nichts zu entscheiden. Ich bin der Boss. Wenn ich dir sage, du sollst etwas machen, dann reagierst du widerspruchslos, verstanden."

Zwar schlug er einen vermeintlich sanften Ton an, doch ich spürte deutlich die Kompromisslosigkeit seiner Worte.

„Sieh mich an."

Bisher hatte ich die Augen niedergeschlagen, jetzt schaute ich ihn voll an.

„Hast du verstanden", widerholte er.

„Ja, habe ich", murmelte ich, fühlte mich seltsam schwach.

Er war nicht zufrieden mit meiner Antwort.

„Wie heißt es?", knurrte er, fasste mit der Hand meinen Rocksaum und zog ihn hoch.

„Ja, Sir, ich habe verstanden."

Er schob meinen Slip beiseite, fühlte meine Nässe, lachte kehlig auf.

„Wie ich es mir gedacht habe, du bist nass und nur zu bereit für mich."

Dann strich er über meine Perle, massierte sie. Unwillkürlich stöhnte ich auf. Mein Körper schien plötzlich ein Eigenleben zu führen. Wie von selbst kam ich ihm entgegen. Wollte mehr, wollte ihn spüren. Wollte, dass er mich zum Höhepunkt brachte.

Er steckte mir erst einen, dann zwei Finger in die Muschi, stieß unvermittelt zu, so dass ich aufkeuchte, mich an ihm festkrallte. Wieder kam ich ihm entgegen, ließ mich von ihm ficken, erwiderte seine Stöße. Gierig, nur noch fühlend, bis ich schließlich zuckend und mich windend in seiner Hand kam.

Immer noch klammerte ich mich an ihn, merkte, dass er mich stütze. Das fühlte sich sehr gut an.

Schließlich zog er sich aus mir zurück. Hielt mich immer noch beschützend im Arm. An meinem Bauch spürte ich seine Erektion.

Während ich wieder zu Atem kam, nahm mein Gehirn, das sich kurzfristig ausgeklinkt hatte, wieder den Betrieb auf.

Das durfte doch nicht wahr sein!

Dieser Mann hatte mich einfach mit seinen Fingern gefickt, und ich hatte es genossen! Was war bloß los mit mir! Wahrscheinlich würde er mich gleich über seinen Schreibtisch werfen und mich richtig nehmen, denn er war sichtlich erregt. Der Gedanke ließ mich erschauern.

Hastig löste ich mich von ihm und ging auf Abstand. „Das ist sexuelle Belästigung!", stieß ich hervor.

Grinsend musterte er mich. „Ich hatte den Eindruck, es hätte dir gefallen. Im Übrigen geht es in diesem Club um Sexualität. Falls du das noch nicht verstanden hast, erkläre ich es dir gern noch einmal."

Er machte einen Schritt auf mich zu, was mich dazu veranlasste, zurückzuweichen und die Hände vor der Brust zu verschränken.

„Nicht näher!" Sicherheitshalber fügte ich ein leises „bitte" hinzu.

Er schaute mich mit glitzernden Augen an, hielt sich aber zurück und blieb wo er war.

„Okay, ist gut."

Einen Moment blickten wir uns an. Wieder kam mir der Gedanke wie es wäre, wenn er mich einfach packen und über seinen Schreibtisch legen würde. Wieder wurde mit heiß.

‚Reiß dich zusammen, Laura!'

Mein Gehirn schien endlich wieder voll funktionstüchtig zu sein. Also kratzte ich den Rest von Würde zusammen, den ich noch hatte.

„Wie geht es weiter? Du hast ja jetzt wohl bekommen, was du wolltest", würgte ich heraus.

„Meinst du? Oh, ich hätte noch so viel mehr mit dir vor. Glaub mir, es würde dir gefallen."

Wieder dieser überhebliche Tonfall, der mich auf die Palme brachte, was in diesem Moment meine Rettung zu sein schien, denn vor Wut vergaß ich jedes Hitzegefühl zwischen meinen Schenkeln.

„Aber ich will nichts von dir. Schon vergessen, ich bin dominant."

Er musterte mich nachdenklich. „Bist du sicher, dass du keine Switcherin bist?"

Ich schüttelte den Kopf. „Nein, bin ich nicht. Also, kann ich wieder an der Einweisung teilnehmen, oder was!"

Ich gebe zu, der Tonfall war ziemlich pampig, aber ich wusste wirklich nicht, wie ich mich sonst gegen diesen unglaublich dominanten Typen behaupten sollte. Dabei hätte ich wissen müssen, dass man ihn lieber nicht reizte.

Prompt kam er wieder näher.

„Damit, dass du dich mir ergeben hast, wäre alles in Ordnung gewesen. Aber du bist schon wieder vorlaut. Am liebsten würde ich dir den Hintern versohlen, damit du endlich merkst, wo es langgeht."

Er streckte mir seine Hand entgegen. Die Hand, mit der er mich befriedigt hatte. „Leck die Finger ab", befahl er.

Ich zögerte.

„Mach schon – oder verschwinde. Dann war es das wirklich", knurrte er ungeduldig. „Sei froh, dass du so glimpflich davonkommst."

Dies war mein ganz persönliches Waterloo, denn ich nahm wortlos seine Finger in den Mund, leckte meinen Saft ab. Was hätte ich sonst auch tun sollen.

„Braves Mädchen", sagte er. „Für heute werden wir Schluss machen. Du kannst nach Hause fahren. Morgen sehen wir uns um die selbe Zeit im Seminarraum."

Wortlos drehte ich mich um und verließ fluchtartig den Club.

Was für eine Niederlage!

Auf dem Nachhauseweg überlegte ich, was die Anziehungskraft dieses Mannes auf mich ausmachte. War es seine Erfahrung oder eher seine Dominanz? Hatte ich tatsächlich einen Hang dazu, devot zu sein? In meinen bisherigen Beziehungen, es waren zwei, um genau zu sein, war mir das nicht aufgefallen. Meine Partner waren Kommilitonen in meinem Alter gewesen, der Sex mit ihnen ganz nett, aber nicht weltbewegend. So einen intensiven Orgasmus wie vorhin hatte ich noch nie gehabt.

Ich seufzte. So schwierig hatte ich mir das alles wirklich nicht vorgestellt.

Wenigstens war meine Schwester unterwegs, so dass ich meine Ruhe hatte und nicht auch noch ihr Rede und Antwort stehen musste.

Was hätte ich ihr auch erzählen sollen? Die Geschehnisse des heutigen Tages waren verwirrend genug gewesen. Maras Kommentare hätte ich nicht auch noch ertragen.

6

Zögernd betrat ich den Seminarraum.
Würde Mick Bain mich spüren lassen, dass
er gestern seine Dominanz gnadenlos aus-
gespielt hatte? Oder wüssten die Anderen
etwas schon, was zwischen uns passiert
war?
Zu meiner Erleichterung stellte ich fest,
dass alles ganz normal war. Mick übersah
mich nach einem kurzen Gruß geflissentlich und die Anderen gaben sich ganz
normal.
Einzig Nadine zischte: „Hast du dich wieder angeschleimt?"
Ich beschloss, sie komplett zu ignorieren.
„Heute ist der letzte Tag, wie ihr ja wisst.
Ihr werdet wieder jeweils mit einem Sub
arbeiten. Wie weit ihr dabei geht, bleibt
euch überlassen. Danach entscheide ich,
ob ihr einen endgültigen Vertrag bekommt. Ab morgen könnten wir dann
Termine für und mit euch machen. An die
Arbeit, Ladies."

Wie an ersten Tag betraten sechs, nur mit einer Boxershorts bekleidete Männer den Raum.

Mein Sub machte einen angenehmen Eindruck. Ich suchte ihm ein Halsband heraus, welches ich ihm anlegte.

„Wie ist dein Passwort", fragte ich anschließend.

„Cadillac", war die Antwort, was mich zu einem Grinsen veranlasste, das ich mir schnellstens verkniff. Jedem das Seine.

„Gibt es No-Go's?

"Eigentlich nicht", sagte er und sah mir in die Augen.

Dieser Typ schien mich schon jetzt provozieren zu wollen. Ich griff in seine Haare, zog kräftig daran. Das hatte sich schon vorgestern, bei der ersten Session bewährt.

„Was soll das?", zischte ich. „Willst du sofort bestraft werden? Noch ein Regelverstoß und du wirst es bereuen."

Er senkte den Blick. „Verzeihung, Herrin. Das kommt nicht wieder vor."

„Wir werden sehen", sagte ich leise, doch in strengem Ton. „Auf die Knie, sofort!"

Als er vor mir kniete, verband ich ihm die Augen, griff mir einen Rohrstock, strich ihm damit über die Brustwarzen, umrundete sie. Schlug spielerisch zu, was ihm zu gefallen schien, denn er stöhnte leise.

„Ich habe dir nicht erlaubt, einen Ton von dir zu geben!"

Ich schlug fester zu, dieses Mal auf die Oberschenkel. Sofort war ein Striemen zu sehen, was mich innerlich zusammenzucken ließ.

Dass Schläge natürlich auch Spuren hinterließen, damit hatte ich mich noch gar nicht auseinandergesetzt. Es war etwas ganz Anderes, darüber zu lesen, als jemandem Striemen zuzufügen. Niemals würde es mich anmachen, jemanden zu schlagen. Mein Sub hingegen schien es zu genießen. Sein Atem ging unregelmäßig, wieder stöhnte er.

Doch dieses Mal überhörte ich das geflissentlich, legte den Rohrstock weg und nahm einen Flogger. „Willst du mehr?"

„Ja, Herrin, bitte mehr", keuchte er.

Also schlug ich ihm ein paar Mal mit dem Flogger über den Rücken, was wenigstens keine heftigen Hautreaktionen hervorrief. Wie sollte es nun weitergehen? Ich nahm ihm die Augenbinde ab, packte ihn am Kinn und hob seinen Kopf an.

Plötzlich hatte ich eine Idee. „Ich bin heute gut drauf, deshalb erlaube ich dir, mir die Füße zu lecken", mit diesen Worten stieg ich aus meinen Highheels.

Es war nicht zu fassen: Der Typ strahlte über das ganze Gesicht. So, als wären heute sein Geburtstag und Weihnachten an einem Tag.

„Danke, Herrin. Sehr gern, Herrin", stammelte er, während er sich vorbeugte und anfing, meine Füße anzusabbern.

Bah – das war vielleicht unangenehm! Aber obwohl ich versucht war, die Füße wegzuziehen, hielt ich erst einmal eisern aus. Doch irgendwann hatte ich die Nase voll.

„Hör auf, das war Belohnung genug", rief ich aus. Meine Füße war echt nass, so, als hätte eine Dänische Dogge daran herum-geschlabbert.

Ein rascher Rundumblick bestätigte mir, dass die anderen ihre Sessions beendet hatten. So gab ich meinem Sub zu verstehen, dass wir für heute genug gespielt hatten.

Mick Bain ließ seinen Blick lässig über unsere Gruppe schweifen. Fast hatte ich es mir gedacht, er winkte mir zu. „Laura, komm doch bitte her."

Zögernd ging ich zu ihm. „Was bin ich heute? Das Versuchsobjekt oder das Opfer für sexuelle Belästigung?", zischelte ich ihm giftig zu.

Er grinste mich ziemlich dreckig an. „Was hättest du denn gern? Es geht beides."

Dann nahm er mich bei den Schultern und drehte mich um wie eine Puppe, so dass ich mit dem Rücken zu ihm stand.

„Ich mag deine Kehrseite", raunte er mir ins Ohr.

Ich verkniff mir jeden Kommentar. „Nach der Session ist es wichtig, dass ihr euch um den Sklaven oder die Sklavin kümmert.

Nehmt sie in den Arm, beruhigt sie, denn in der Regel sind sie sehr aufgewühlt. Lasst sie zur Ruhe kommen. So ungefähr."

Er legte seine Arme um mich. Zog mich näher zu sich hin.

Obwohl ich mich dagegen wehrte, wurde mein Körper weich, ich ließ mich in seine Arme sinken. Das fühlte sich verdammt gut an. Irgendwie beschützend und sicher.

„Du kannst ruhig zugeben, dass es dir gefällt."

Sein leises Lachen ließ mich schon wieder in Rage geraten. Das Wohlfühlgefühl war wie weggeblasen. Ich machte einen Schritt vorwärts, schüttelte seine Arme ab, drehte mich zu ihm um.

„War es das jetzt? Oder gibt es noch mehr Demonstrationen mit mir als Objekt? Das ist so arm!"

Wieder glitzerten seine Augen, während er mich einfach nur ansah. Schließlich packte er mich, zog mich erneut zu sich heran.

„Sei vorsichtig, sonst werde ich dir den süßen Hintern versohlen. Natürlich nicht bis er grün und blau ist, sondern, bis er glüht und du mich anbettelst, dich endlich zu nehmen."

Eigentlich sollte ich empört sein, doch mein Atem wurde schneller, es kribbelte zwischen meinen Schenkeln. Seine Worte und vor allem sein Blick erregten mich eindeutig. Doch statt mich zu beherrschen, den Blick zu senken und einfach wegzugehen schaute ich ihm in die Augen.

„Worauf wartest du noch? Tu's doch." Diese Worte purzelten über meine Lippen, ohne dass ich darüber nachdachte.

Abrupt ließ er mich los, so dass ich fast stolperte. „Das werde ich", knurrte er. „Und du wirst es genießen."

Ohne mich weiter zu beachten, wandte er sich an die Anderen, die uns interessiert beobachtet hatten. „Okay, das war insgesamt nicht schlecht. Ich denke, dass ihr alle einen Vertrag bekommen werdet. Schließen wir die Einweisung also ab. Für heute entlasse ich euch, macht euch noch einen schönen Tag. In den nächsten Tagen bekommt ihr einen Termin, dann machen wir den Vertragsabschluss perfekt. Auf eine gute Zusammenarbeit!"

Ich hatte mich wieder zu den Anderen gestellt, die jetzt ihrer Freude über die Einstellung lautstark Ausdruck gaben.

Auch ich klatschte in die Hände, obwohl ich ein flaues Gefühl im Magen hatte. Hier lief offensichtlich einiges schief für mich. Nicht nur, dass ich mich als Domina nicht besonders wohl fühlte. Hinzu kam, dass ich mich eindeutig zu Mick Bain hingezogen fühlte und zwar auf eine ganz merkwürdige Art und Weise. Einerseits wollte ich ihm andauernd Kontra geben, andererseits erregte mich der Gedanke, ihm wehrlos ausgeliefert zu sein. Mal abgesehen von dem gestrigen Tag, an dem er mich zum Orgasmus gebracht hatte. Allein der Gedanke daran ließ mich schon wieder feucht werden. Wenn das so weiterging, würde ich immer ein Ersatzhöschen in der Handtasche mit mir herumtragen müssen! Jedenfalls, so lange ich mit ihm zu tun haben würde.

„Laura, warte bitte. Wir müssen noch einmal miteinander reden!"

Ich war ganz in Gedanken in Richtung Tür gegangen. Micks Stimme ließ mich abrupt stoppen. Wahrscheinlich würde er mich jetzt doch noch feuern.

Unsicher drehte ich mich um. „Ist noch was?"

„Lass uns in mein Büro gehen, dort redet es sich besser", sagte er erstaunlich friedlich, was mich wieder hoffen ließ.

In seinem Büro angekommen, bedeutete er mir, mich ihm gegenüber in den Sessel zu setzten.

Für einen Augenblick schaute er mich aufmerksam an. „Ich habe dich bei der Session gerade beobachtet", begann er. „Dabei ist mir aufgefallen, dass du den Rohrstock ziemlich schnell zurückgelegt hast. Hat das einen Grund?"

Oh je. Was sollte ich ihm antworten? Dass der Striemen, den der Stock hinterlassen hatte mich erschreckt hatte? Oder, dass es mir gar keinen Spaß machte, Leuten Schmerzen zuzufügen? Dass ich durch den

Job an Insiderwissen über den Club gelangen wollte?

„Ähm … kein Grund, nicht wirklich. Das war einfach so, aus dem Bauch heraus, könnte man sagen", antwortete ich ein wenig hilflos.

„Du musst mich nicht falsch verstehen. Die Session war in Ordnung, aber ich habe den Eindruck, dass du keinen besonderen Spaß daran hattest, dass du insgesamt nicht so sehr darauf stehst, dominant zu sein. Kann das sein? Ich hatte vermutet, dass du eine Switcherin bist, also zwischen Dominanz und devot sein wechselst, dass dich beides erregt Aber auch das scheint nicht der Fall zu sein …", hier verstummte er, wartete offensichtlich auf eine vernünftige Antwort von mir.

Ich zuckte mit den Schultern. „Bisher war ich immer dominant. Sonst hätte ich mich gar nicht als Domina im Club beworben. Vielleicht war ich vorhin ein bisschen verspannt. Du setzt mich auch ganz schön unter Druck."

Wieder musterte er mich eindringlich. „Tue ich das? Dich unter Druck setzen? Damit musst du klarkommen, Laura. Wenn du im Shadow arbeiten willst, dann musst du belastbar sein, das solltest du wissen. Im Übrigen macht es dich an, wenn ich den Dom herauskehre. Das kannst du nun wirklich nicht abstreiten." Er seufzte hörbar. „Was mache ich nur mit dir? Du machst mich ein bisschen hilflos."

Verwundert schaute ich ihn an. Ich machte ihn hilflos? Nicht annähernd so hilflos, wie er mich machte. Unwillkürlich musste ich lachen.

„Verdammt, was gibt es da zu lachen?", herrschte er mich an.

„Tut mir leid. Ich wollte mich nicht über dich lustig machen. Das ist die Nervosität. Immerhin geht es um einen Job", redete ich mich heraus. „Bitte, du sagst doch, dass die Session nicht schlecht war. Also gib mir eine Chance, Mick."

Er lehnte sich zurück, legte die Fingerspitzen gegeneinander.

„Es gefällt mir, wenn du bittest. Dann könnte ich dich ...", er räusperte sich.

Irrte ich mich oder war er für einen Moment unsicher? Bevor ich das herausgefunden hatte, fuhr er schon fort.

„Ich habe eine Idee. Gleich hat Thor eine Session mit einer hochkarätigen Kundin. Sie will nur mit ihm spielen. Jeden anderen Dom lehnt sie ab. Du musst wissen, dass Thor ein wirklicher Sadist ist. Es macht ihm unglaublichen Spaß, seine Sub zu quälen. Genau so möchte die Kundin es haben. Wir schauen uns das an. Beide, Thor und die Kundin, haben gern Zuschauer. Dann entscheidest du, ob Dominanz wirklich dein Ding ist. Professionelle Dominanz meine ich, nicht irgendwelche niedliche Fesselspielchen im heimischen Schlafzimmer. Ist das in Ordnung?"

Ich schluckte.

Was blieb mir übrig, als auf diesen Vorschlag einzugehen. Eigentlich verhielt sich Mick Bain ganz schön fair. Das musste ich zugeben. Er hatte mein Unbehagen gespürt und wollte mir eine Chance geben, mir alles noch einmal zu überlegen.

Aber so schlimm würde die Session schon nicht werden. Im Regelfall hatte ich ein starkes Nervenkostüm und einen stabilen Magen.

Also nickte ich ergeben. „Ist in Ordnung."

7

Der Raum erinnerte an ein mittelalterliches Verließ.

Bedrückend und ein wenig schmuddelig kam er mir vor. Indirekte Beleuchtung sorgt für ein wenig Schummerlicht, in dem ich einen hünenhaften Mann und eine zierliche Frau ausmachen konnte. Während der Mann bekleidet war, kniete die Frau nackt vor ihm, wenn man von dem Halsband das sie trug und an dem eine Leine baumelte absah.

Mick hatte mich nach unserer Unterhaltung in seinem Büro zu diesem Raum gebracht, das er als Spielzimmer bezeichnete. Doch die Spiele in diesem Verließ schienen alles andere als lustig zu sein. Hier bedeutete Mick mir, mich im Hintergrund zu halten, um nicht zu stören. Das musste er mir nicht extra sagen. Ich hatte überhaupt keine Lust, in den Fokus des Riesen zu geraten.

Der Mann, den ich tatsächlich als den Thor, der mir vor dem Seminarsaal begegnet war erkannte, legte der Frau gerade Nippelklemmen an.

„Bitte, Herr", wimmerte sie, worauf Thor sie mit einem grimmigen Blick bedachte und die Klemmen weiter anzog.

‚Oh, nein, er fügt ihr gegen ihren Willen Schmerzen zu', dachte ich und glaubte meinen Ohren nicht zu trauen, denn statt ihr Codewort zu sagen und damit erlöst zu werden, rief die Frau: „Bitte, mehr, Herr!"

„Kannst du kriegen!" Er griff zu einem Paddle und schlug der Frau damit ein paar Mal auf die Brüste, was sie zu genießen schien, denn sie stöhnte lustvoll auf.

Schließlich ließ Thor das Paddle fallen. Grob zog er an der Leine. „Komm mit, du Miststück."

Er zerrte die Frau, die ihm mühsam auf Händen und Knien folgte, ein Stück weiter. Hier war etwas auf den Boden geschmiert worden, was im Dämmerlicht grünlich schillerte. Es fehlten nur noch ein paar Schmeißfliegen, die auf dem Zeug herumkrabbelten.

„Leck das auf", befahl er.

Die Frau beugte sich vor, doch statt den Glibber aufzulecken wandte sie sich angewidert ab. „Das riecht ekelhaft."

„Mach schon, leck das auf", widerholte Thor ungeduldig.

„Ich kann nicht", wimmerte die Frau.

Obwohl ich nicht besonders empfindlich war, machte sich Übelkeit in meiner Magengegend breit.

„Was zur Hölle ist das für ein Zeug? Es sieht unglaublich fies aus", raunte ich Mick zu.

Er grinste mich breit an. „Man könnte sagen es ist Wackelpudding mit einem Spritzer Katzenfutteraroma."

Ich schluckte. „Das kann er doch nicht machen!"

„Keine Sorge, sie sträubt sich nur ein bisschen. Wahrscheinlich will sie erst noch eine Strafe kassieren. Der Ablauf der Session wird vorher genau festgelegt. Sie hat sich das so gewünscht", war die lakonische Antwort.

Obwohl mich das Szenario anekelte, konnte ich die Augen nicht abwenden. Thor fasste die Frau beim Nacken, hob ihren Kopf an.

„So, du weigerst dich also?", fragte er trügerisch sanft.

„Wirklich, ich kann das nicht machen, Herr", jammerte die Frau.

„Das werden wir sehen." Thor holte sich eine der Peitschen, die an der Wand hingen. Er holte aus und ließ sie neben der Frau auf den Boden knallen.

Sie kreischte auf. „Bitte, Herr."

Wieder schwang Thor die Peitsche. Dieses Mal ließ er sie auf den Rücken der Frau zischen.

Ich hielt den Atem an, biss mir auf die Lippen. Mit exakten Bewegungen schlug Thor nun mit der Peitsche zu. Bald war der Rücken der Frau mit dicken Striemen übersäht. Doch sie schien das zu genießen, keuchte lustvoll, wandte sich unter den brutalen Schlägen.

Schließlich ließ Thor von ihr ab.

„Auflecken", befahl er.

„Ja, Herr", war die Antwort. Tatsächlich beugte sich die Frau jetzt nach vorn und leckte über den Boden, wobei sie sich schüttelte. Fast glaubte ich, den widerlichen Geruch des Wackelpuddings, oder was immer es war, wahrzunehmen.

„Geht doch, Miststück", grinste Thor. „Wenn du brav alles aufleckst, bekommst du von mir zur Belohnung Klemmen für deine Pussy verpasst. Aber vorher entfernen wir die hier."

Er riß sie an den Haaren hoch, so dass sie vor ihm kniete. Dann bückte er sich und zog mit einem Ruck an der Kette, die ihre Nippelklemmen miteinander verband. Die Klemmen lösten sich.

Ich zuckte zusammen. Das musste schrecklich weh getan haben, denn er hatte die Klemmen vorhin ziemlich festgezogen.

Die Frau stieß einen Schrei aus und sackte in sich zusammen, lag jetzt mit dem Gesicht voran in den grünen Glibberresten.

Mein Magen hob sich, mir wurde schwindelig, deshalb ließ ich mich einfach an der Mauer entlang nach unten rutschen.

‚Du darfst dich jetzt nicht übergeben', sagte ich mir mantrahaft immer wieder.

Mick beugte sich zu mir hinunter. „Du meine Güte, du bist ja ganz blass um die Nase geworden. Ist dir nicht gut?", fragte er besorgt.

Ich schüttelte den Kopf. „Alles okay", murmelte ich.

Niemals würde ich zugeben, dass mich diese Session gnadenlos überforderte. Dass ich das ganze einfach grauenhaft und ekelig fand. Niemals könnte ich einen Menschen so behandeln und niemals würde ich mich so behandeln lassen.

„Nichts ist okay, ich glaube, wir gehen jetzt lieber", sagte Mick streng. Kurzerhand hob er mich von Boden hoch und trug mich aus dem Raum.

„Ich bringe dich in mein Büro. Dort legst du dich auf die Couch, bis es dir besser geht."

Tatsächlich trug er mich bis in sein Büro, was uns einige irritierte Blicke unseres Umfeldes einbrachte. Wenigstens war Micks Assistentin nicht da. Es wäre mir unheimlich peinlich gewesen, wenn sie mich so gesehen hätte.

Nachdem er mich vorsichtig auf die Couch gesetzt hatte, mummelte Mick mich fürsorglich in eine Decke ein.

„Du hast ganz kalte Hände, Kleines", sagte er leise. „Und du solltest etwas trinken. Es tut mir leid, dass ich dir das zugemutet habe. Ich hätte wissen müssen, dass du zusammenklappst. Thor — das ist Hardcore", sagte er, während er mir ein Glas Wasser einschenkte.

Wirklich war mir kalt. Ich zog die Decke näher um mich. „Was er macht ist also nicht die Regel?", fragte ich unsicher nach.

„Nein! Er spielt immer am Limit und nur mit ausgesuchten Kundinnen. Frauen, die es brauchen, erniedrigt und hart rangenommen zu werden."

Mick setzte sich vorsichtig neben mich.

„Er wird sie zum Schluss richtig hart durchficken. Aber bis dahin wird er sie noch einige Male an ihr Schmerzlimit bringen. Aber sie bettelt wirklich darum. Einen anderen Dom als Thor akzeptiert sie überhaupt nicht und da sie eine richtig gute

Kundin ist, erfüllen wir natürlich ihre Wünsche."

In meinem Kopf überschlugen sich die Gedanken. Wie Thor diese Frau behandelt hatte, ging mir an die Nieren. Obwohl sie es wohl tatsächlich genossen hatte, kam mir das alles einfach nur krank vor.

Auch Mick Bain war dominant. Ob er seine Sub genauso oder ähnlich behandelte? Ich schaute ihn prüfend an.

„Einen Penny für deine Gedanken", sagte Mick. Er legte behutsam einen Arm um mich, zog mich näher zu sich heran.

„Gehst du auch so mit deinen Subs um?", platzte es aus mir heraus. „Stehst du auch auf Erniedrigung und totale Schmerzen für sie?"

„Ich habe wohl einen Fehler gemacht", seufzte er. „Nein, darauf stehe ich nicht. Natürlich möchte ich, dass die Frau sich mir unterwirft. Aber gleichzeitig soll sie mir auch vertrauen. Du wirst es nicht glauben, aber Gefühle spielen für mich eine große Rolle. Ich spiele mit ihnen, doch ich respektiere sie."

Zärtlich strich er mir durch die Haare.

Mick Bain, der mich vorsichtig und unglaublich liebevoll behandelte? Das war eine völlig neue Erfahrung. Ich schloss die Augen und kuschelte mich an ihn.

„Es tut mir leid, dass ich schlappgemacht habe", sagte ich leise.

„Das muss es nicht. Mein Fehler, definitiv. Jetzt komm erst einmal zur Ruhe. Entspann dich. Ich passe auf dich auf."

Plötzlich fühlte ich mich tatsächlich unglaublich müde.

‚Nur für einen Augenblick', dachte ich, bevor ich einschlief.

8

Ein sanftes Streicheln weckte mich auf.

Ich blinzelte verschlafen und schaute in Micks lächelndes Gesicht.

„Du siehst ziemlich süß aus, wenn du schläfst", sagte er.

Was war los mit ihm? Schon bevor ich eingeschlafen war, hatte er mich total nett behandelt. Ich setzte mich auf.

„Alles in Ordnung mit dir? Hast du Weichspüler getrunken, oder was?", fragte ich und verzog das Gesicht.

Mick lachte laut auf. „Das ist mein Mädchen. Kratzbürstig und vorlaut. Treib es nicht zu weit, sonst werde ich dir doch noch den Hintern versohlen müssen."

„Das wirst du nicht, weil ich nicht deine Sub bin. Ich unterwerfe mich niemandem. Devot sein – das geht gar nicht", rief ich aus, obwohl ich mir da gar nicht mehr so sicher war.

„Tatsächlich?", fragte Mick gedehnt. „Das käme auf einen Versuch an."

Er packte mich an den Oberarmen und zog mich näher zu sich.

Plötzlich hatte ich wieder die Bilder von Thor und der Frau vor Augen.

Nein!

So etwas wie sie würde ich niemals erleben wollen. Panisch versuchte ich seine Hände abzuschütteln. „Lass mich los! Sofort, hörst du!"

Tatsächlich ließ Mick mich los, aber eher, weil es an der Bürotür klopfte, als um meiner Forderung nachzukommen.

„Ja?", rief er kurz angebunden.

Thomas, Micks Bruder betrat das Zimmer. Ihn hatte ich ein - zwei Mal gesehen. Ansonsten hatte ich bisher nichts mit ihm zu tun gehabt. Zu meinem Erstaunen folgte ihm Mara auf dem Fuß.

„Was machst du denn hier?", entfuhr es mir. Das hatte mir auch noch gefehlt, dass meine Schwester hinter mir her spionierte. Sie würde mir wohlmöglich alles kaputt machen, wo ich doch schon so weit gekommen war.

Mara musterte mich empört. „Was denkst du denn? Ich habe mir solche Sorgen gemacht, weil du nicht nach Hause gekommen bist. Wir wollten doch heute einen Mädelsabend mit Pasta und Wein machen. Hast du das vergessen? Ich hatte schon alles fertig. Was fehlte warst du, Laura. Und weil du nicht ans Handy gegangen bist und auch nicht zurückgerufen hast, bin ich hier her gefahren. Ich hatte Angst, dir wäre etwas passiert. An der Rezeption ist mir gesagt worden, dass Mick Bain nicht gestört werden wollte, deshalb hat sich Thomas um mich gekümmert."

Sie strahlte Micks Bruder an und er lächelte zurück. Bahnte sich hier etwas an?

„Er hat sich super um mich gekümmert, mich beruhigt und mir erklärt, dass hier im Club sehr gut auf die Leute geachtet wird. Dass es überall Videokameras gibt und dass das Wachpersonal gut geschult ist. Dann hat er sich bereiterklärt, mich zu dir zu bringen. Das war so unglaublich nett. Danke noch einmal!"

„Nichts zu danken. Das habe ich doch gern für dich getan."

Das wurde ja immer schöner. Thomas Bain kümmerte sich um meine Schwester? Wo sie dem Shadow so negativ gegenüber stand? Verblüfft musterte ich Mara. Sie schien nur Augen für Thomas zu haben und auch er himmelte sie geradezu an. Das ging gar nicht!

„Es ist ja schön, dass du dir Sorgen um mich gemacht hast, aber das war wirklich nicht nötig. Ich brauche keinen Aufpasser", unterbrach ich den Megaflirt der beiden. „Sollen wir dann gehen?" Ich drehte mich zu Mick um, der schweigend zugehört hatte. „Oder gibt es noch etwas?"

„Eigentlich schon, aber das kann bis morgen warten", sagte er gedehnt. „Jetzt solltest du wirklich mit deiner Schwester nach Hause fahren. Ruh dich aus, hörst du. Morgen möchte ich dich wieder hier sehen. Wir sind im Grunde genommen zu keinem vernünftigen Ergebnis gekommen, was deinen Job betrifft."

Ich schaute ihn mit gerunzelten Augenbrauen an. Was sollte das jetzt wieder? Ich war davon ausgegangen, dass ich den Job endlich in der Tasche und damit freien Zugang zum Club hätte. Scheinbar schien er noch an mir zu zweifeln.

Mist!

Hätte ich doch bloß bei der Session mit Thor nicht schlappgemacht. Nun, das ließ sich jetzt nicht mehr ändern. Also bemühte ich mich, cool zu sein.

„Ist in Ordnung, Sir. Wann soll ich hier sein?"

Das ‚Sir' war mir einfach so herausgerutscht, als wäre es das Natürlichste der Welt, dass ich Mick so ansprach.

Er kam einen Schritt näher. „Gegen Mittag würde es gut passen. Wir können zusammen essen gehen."

„Okay." Dieses Mal verkniff ich mir das ‚Sir' und wandte mich meiner Schwester zu. „Wollen wir dann. Falls du dich von deinem Kümmerer losreißen kannst", fügte ich spitz hinzu.

Thomas lachte laut auf. Jedenfalls schien er Humor zu haben.

„Das ist noch nicht nötig, ich begleite euch natürlich bis zu euren Autos. Nicht, dass ihr zwei Hübschen uns noch verlorengeht."

Wie selbstverständlich fasste er Maras Arm. „Wenn du möchtest, können wir durch den Club gehen, damit du dir ein Bild machen kannst."

Meine Schwester legte ihre Hand auf die seine. „Oh ja, das würde mich interessieren."

„Ist ja lustig, dass ihr euch das Shadow anschauen wollt, aber ich würde jetzt gern nach Hause fahren", grummelte ich, was die beiden einfach ignorierten. Also folgte ich ihnen notgedrungen.

In der Tür drehte ich mich noch einmal um. Mick stand immer noch mitten in seinem Büro, die Hände hatte er in den Hosentaschen. Mit einem rätselhaften Blick schaute er mich an.

„Bis morgen dann", sagte ich leise. „Ich freue mich, Sir."

Im Hinausgehen hörte ich die Antwort.
„Ich auch, Kleines."

Auf dem Weg durch den Club schaute sich Mara neugierig um. „Vorhin bin ich so aufgeregt gewesen, dass ich gar nichts gesehen habe", japste sie.
Gerade ging ein Pärchen an uns vorbei. Der Mann war offensichtlich ein Dom. Er führte seine, nur mit einem Tuch bekleidete Sub an einer Leine, die an ihrem Halsband befestigt war.
Mara bekam große Augen. „Das gibt's doch nicht." Sie schaute Thomas an. „Sag mal, bist du … hast du … also ich meine … stehst du auch auf das Zeug?"
Ich stöhne gequält auf. Was war denn bloß in meine ach so biedere Schwester gefahren?
Thomas schien die Direktheit der Frage nicht zu stören. Im Gegenteil. Er blieb stehen und sah Mara tief in die Augen.
„Nein! Ich stehe nicht auf BDSM. Überhaupt nicht. Ich führe die Vorstellungsgespräche, kümmere mich um Verträge und

berate meinen Bruder in Rechtsfragen. Das ist auch alles. Mit dem Club an sich habe ich nichts zu tun. Das ist auch ganz in Ordnung so. Eine Partnerschaft kann für mich nur auf Augenhöhe funktionieren. Ein Weibchen, das mir ständig zu Füßen liegt – damit kann ich nichts anfangen." Er grinste jungenhaft. „Ist damit deine Frage beantwortet?"

Meine Schwester strahlte über das ganze Gesicht. „Ja, vollkommen."

Ich räusperte mich. „Hallo! Ich bin auch noch da! Es war ein langer Tag und ich würde jetzt wirklich gern nach Hause fahren. Falls ihr Zwei euch noch weiter über Partnerschaften oder sonst was austauschen wollt, dann kann ich gern vorfahren."

„Ist ja schon gut. Du Spielverderberin", maulte Mara mich an.

Thomas schien ein Einsehen zu haben. Er nickte mir zu. „Du hast ja recht. Wir gehen jetzt direkt zum Ausgang. Ihr wohnt doch zusammen oder habe ich da etwas falsch verstanden?"

Mara nickte heftig. „Ja, wir haben eine Schwestern WG. Ich gebe dir aber mal lieber meine Handynummer. Dann kannst du mich jederzeit erreichen, falls noch irgendwas ist."

Ich zuckte innerlich zusammen.

‚Falls noch irgendwas ist', was war das denn für ein doofer Vorwand, um ihm die Handynummer zukommen zu lassen. Meine Schwester warf sich dem Bain Bruder ja geradezu an den Hals. Wer hätte das gedacht.

Wieder grinste Thomas. Das hatte was, das musste ich zugeben.

„Das ist total lieb von dir. Bestimmt hast du WhatsApp. Ich schreibe dir nachher gleich mal."

Inzwischen waren wir am Ausgang des Clubs angekommen. Ehe die beiden wieder in endlose Dialoge verfallen konnten verabschiedete ich mich von ihnen.

„Alles gut. Es sind nur noch ein paar Meter bis zu meinem Auto. Mara, du hast bestimmt in einer anderen Ecke des Parkplatzes geparkt. Ich gehe dann schon mal."

Ehe einer der beiden etwas sagen konnte,
drehte mich um und hob die Hand. „Salü,
ihr Zwei."

Ich war total kaputt und müde und froh,
als ich schließlich in meinem Bett lag.
Schnell schlief ich ein.
Irgendwann in der Nacht wachte ich auf.
Mara schien nach Hause gekommen zu
sein. Ich hoffte für meine Schwester, dass
sie wusste, worauf sie sich mit einem der
Bain Brüder einließ.

9

Als ich am nächsten Morgen aufwachte, war Mara schon weg, was ich bedauerte. Auf dem Küchentisch fand ich einen Zettel:

‚Warte heute Abend nicht auf mich. Bin mit Thomas verabredet. Es wird auf jeden Fall spät. Vielleicht komme ich auch gar nicht nach Hause. Thomas ist so süß.'

Verziert war die Botschaft mit Herzchen und Smileys. Ach du meine Güte, jetzt war Mara tatsächlich übergeschnappt. Sie kannte den Typen gerade mal ein paar Stunden und plante schon bei ihm zu übernachen! Zu gern hätte ich sie über den Rest des Abends ausgefragt. Ob sie und Thomas gestern schon Sex miteinander gehabt hatten? Spät genug war sie jedenfalls nach Hause gekommen.
Das hatte ich nicht von ihr erwartet. Micks Bruder musste ihr ausgesprochen gut gefallen. Es war zu hoffen, dass er wirklich nicht auf die Sado - Maso Masche abfuhr.

Wobei ich gedanklich wieder bei Mick angekommen war. Wir würden heute also zusammen essen. Dabei musste es mir einfach gelingen, ihn zu überzeugen, dass ich eine super Domina abgeben würde. Ich wusste zwar noch nicht genau, wie ich das anstellen sollte, aber bestimmt würde mir im entscheidenden Moment etwas einfallen.

Jetzt saß ich Mick Bain gegenüber und mir war immer noch nicht klar, wie ich ihn überzeugen konnte.

Wie besprochen war ich gegen Mittag bei ihm aufgeschlagen. Er hatte einen Tisch in einem gemütlichen italienischen Restaurant reserviert und schien hier bekannt zu sein, denn der Wirt empfing ihn mit einem Handschlag.

„Signore Mick. Schön, Sie wieder mal zu sehen und nette Begleitung haben Sie auch mitgebracht." Der Wirt strahlte mich an. „Bella", murmelte er, was mich ein wenig verlegen werden ließ.

Eigentlich hatte ich keinen großen Hunger und wählte deshalb nur einen Salat. Nun stocherte ich darin herum, wusste nicht, was ich sagen sollte.

Mick lehnte sich zurück. „Also, wie es aussieht, ist dir die Session gestern ganz schön auf den Magen geschlagen. Wie ich bereits sagte, tut mir das leid."

„Mir tut es erst mal leid, dass ich so empfindlich reagiert habe. Das ist sonst gar nicht meine Art", platzte ich heraus.

Mick sah mich kritisch an. „Tatsächlich? Fakt ist, dass du nicht einmal die Hälfte gesehen hast."

„Du sagst ja selbst, dass Thor Hardcore ist. So wird in der Regel aber nicht mit den Kunden umgegangen, oder?"

Hier wagte ich mich auf unbekanntes Terrain und hoffte, dass ich richtig lag.

„Es gibt immer einmal Leute, die es richtig hart wollen, aber die Regel ist das nicht, nein. Dafür gibt es spezielle Doms, bzw. Dominas. Du würdest erst einmal die ganz normalen Kunden bekommen."

Diese Erklärung von Mick ließ mich aufatmen.

„Dann ist doch alles in Ordnung", sagte ich erleichtert. „Das ganz Normale kriege ich gut hin. Du hast selbst gesagt, dass die letzte Session gut gelaufen ist."

Er nickte. „Das stimmt, dazu stehe ich auch. Trotzdem … es gäbe da noch eine Bedingung."

„Verflixt", platzte ich heraus. „Was soll das denn. Erst muss ich mir Thors Horror anschauen, dann tut es dir leid. Du trägst mich in dein Büro und bist super nett. Jetzt stellst du schon wieder Bedingungen. Was ist dein Problem?"

Er schwieg und schaute mir direkt in die Augen. Dieser Blick ließ mich unruhig werden. Ich rutschte auf meinem Stuhl hin und her, hielt aber den Blickkontakt. Schließlich griff er über den Tisch, strich mir sanft eine Haarsträhne aus der Stirn. „Mein Problem bist du."

„War alles in Ordnung? Sie haben ja kaum etwas gegessen."

Der Wirt stand an unserem Tisch und musterte mich vorwurfsvoll.

Ich zuckte zusammen, denn ich hatte ihn gar nicht bemerkt. „Oh, sorry, der Salat ist sehr gut, aber ich bin schon satt", stammelte ich verlegen.

„Dann darf ich abräumen? Vielleicht noch ein Dessert oder einen Espresso?"

„Nicht für mich, danke!"

Mick orderte einen Espresso. Während er ihn trank, schaute er mich wieder mit diesem besonderen Blick an. „Ich würde gern mit dir spielen", sagte er unvermittelt. „Das wäre die Bedingung."

Damit hatte ich nicht gerechnet. Ich schluckte. Seine Finger in mir, der unglaubliche Orgasmus, den er mir beschert hatte. Diese Erinnerung ließ mich feucht werden.

„Aber du bist ein Dom", hauchte ich.

Er lächelte leicht. „In der Tat, das bin ich. Aber ich glaube, dass du es genießen würdest, Kleines. Du musst mir einfach nur vertrauen."

In meinem Kopf ging alles durcheinander. Mick wollte mich, das war mir fast von Anfang an klar gewesen. Der Gedanke, mich in seine Hände zu begeben, war verlockend, denn er machte mich unglaublich an. So sehr, dass es mir schwerfiel, einen klaren Gedanken zu fassen. Sollte ich das wirklich tun? Konnte ich ihm soweit vertrauen? Mein Atem ging schneller, meine Brustwarzen wurden hart, feuchte Hitze machte sich zwischen meinen Beinen breit. Verdammt, dieser Typ brachte mich völlig aus der Fassung.

Hastig trank ich einen Schluck von meiner Cola.

‚Was solls, jetzt bist du schon so weit gegangen, da kommt es darauf auch nicht mehr an.'

„In Ordnung", stieß ich schließlich atemlos hervor. „Warum eigentlich nicht."

Mick schien ein wenig überrascht zu sein. Vielleicht hatte er mit mehr Widerstand gerechnet.

„Lass mich ein paar Telefonate machen. Ich reserviere uns für heute Nachmittag ein Spielzimmer im Club", sagte er ein wenig zu schnell und griff zu seinem Handy. Ich legte meine Hand auf die seine. „Bitte nicht im Shadow. Das möchte ich nicht. Es ist mir zu …", ich überlegte, wie ich mein Bauchgefühl am besten ausdrücken sollte.

„Zu professionell? Meinst du das vielleicht?", fragte Mick.

Ich nickte. „Ja, so könnte man das sagen. Ich würde mich dort nicht wohlfühlen."

„Das verstehe ich. Sollen wir zu mir gehen? Oder lieber zu dir, Laura?"

„Nein, das wäre auch nicht richtig."

„Okay, dann bliebe noch ein Hotel. Dort sind wir beide auf neutralem Boden, wenn ich das mal so ausdrücken darf."

Wieder griff er zum Handy.

10

Beeindruckt schaute ich mich um.

„Du meine Güte, ein ganz normales Hotelzimmer hätte es doch auch getan", japste ich.

Mick hatte eine Suite im besten Hotel der Stadt gemietet. Schon auf dem Flur dämpften dicke Teppiche jeden Schritt. Die Suite war geschmackvoll eingerichtet und so riesig, dass meine Wohnung wahrscheinlich zweimal hineingepasst hätte.

„Nein, ein einfaches Hotelzimmer gewährleistet nicht unbedingt die Intimsphäre, die wir haben sollten", war die Antwort.

Er trat hinter mich, legte seine Arme um mich. „Nervös?"

Ich lehnte mich an ihn. „Ein bisschen."

Er verstärkte den Druck. „Wie heißt es korrekt?"

„Ein bisschen, Sir."

„Braves Mädchen", mit einem Ruck drehte er mich zu sich um. „Du solltest trotzdem eine Strafe erhalten."

„Warum das denn?", entfuhr es mir empört. Schließlich war ich mir keiner Schuld bewusst.

„Weil du ziemlich frech bist!"

„Selbstbewusst, würde ich sagen", korrigierte ich.

„Und respektlos dazu!"

„Das nenne ich eigenständig."

„Zudem bist du eine Besserwisserin!"

„Pah, andere würden sagen, es ist Klugheit!" Niemals würde ich kleinbeigeben! Ohne mich aus den Augen zu lassen legte er sein Jackett ab.

„Das sind dann genau vier Schläge. Einer für jede Respektlosigkeit."

Er krempelte sich seelenruhig die Ärmel seines Hemdes hoch, stand vor mir und sah mich einfach nur an.

Was würde er mit mir machen? Der Gedanke an eine Strafe ließ meinen Körper glühen. Sein Blick tat ein Übriges. Es kribbelte, das Verlangen nach ihm war kaum auszuhalten. Nervös öffnete ich den oberen Knopf meiner Bluse.

Er schüttelte missbilligend den Kopf. „Habe ich dir das erlaubt?

„Na ja, nicht so richtig. Aber du hast es auch nicht verboten", stammelte ich.

„Wieder frech. Aus vier Schlägen werden also jetzt sechs."

Ich öffnete den Mund, wollte sagen, dass ich das unfair finden würde, schloss ihn aber lieber wieder. Stattdessen fragte ich: „Gibt es ein Safeword", und setzte schnell noch ein „Sir" dahinter.

„Kein Safeword. Ja heißt ja und nein heißt nein. Ganz simpel."

Endlich legte er wieder seine Arme um mich. Küsste mich sanft auf den Mund, knabberte an meinem Hals. Knopf für Knopf öffnete er meine Bluse, drückte die Schalen meines BHs tiefer. Dann umfasste er meine Brüste, massierte sie, rieb die Nippel.

„Was, wenn ich dir weh tue?", raunte er mir ins Ohr. Gleichzeitig nahm der Druck seiner Daumen zu.

Ich warf den Kopf in den Nacken, genoss das Spiel seiner Hände.

Wieder erhöhte er den Druck. „Ich werde dich nehmen wie ich es will."

Meine Knie wurden weich. Ich wimmerte vor Lust.

Jetzt strich er zart über meine Brustwarzen, umrundete sie mit dem Daumen. „Gefällt dir das?"

„Ja, Sir", keuchte ich.

Er streifte mir die Bluse von den Schultern. „Ich werde Spuren auf dir hinterlassen und dich nur zu meinem Vergnügen benutzen." Wieder zwirbelte er meine Nippel hart.

Das tat weh. Ich zog scharf die Luft ein, doch ehe ich protestieren konnte, küsste er sanft meinen Hals, hakte den BH auf. Anschließend zog er mir den Rock aus, ließ ihn achtlos zu Boden gleiten. Nun stand ich nur noch mit einem Slip bekleidet vor ihm. Mit einer Bewegung packte er das Teil und zerriss es.

„Verdammt, ich mochte den Slip", rief ich aus.

„Ich auch, aber jetzt brauchst du ihn nicht", grinste er und ließ seinen Blick über meinen Körper gleiten. „Mir gefällt, was ich sehe."

Verdammt!

Ich war heiß auf ihn, wollte seine Haut auf mir spüren. Mit einem Schritt war ich bei ihm, küsste ihn. Für einen Moment war ich unsicher, ob das richtig gewesen war, doch er erwiderte meinen Kuss. Mutig geworden begann ich damit, sein Hemd aufzuknöpfen. Es war mir völlig egal, ob ich die Erlaubnis dazu hatte oder nicht.

Plötzlich landete ich rückwärts auf dem Bett. Mick lag schwer atmend über mir. „Eine Sub knöpft nie ohne Erlaubnis das Hemd ihres Dom auf", keuchte er, hielt meine Hände über meinem Kopf fest und küsste mich wieder heiß und gierig.

„Vielleicht werde ich dich nachher nehmen, wenn du mich darum bittest, aber jetzt ist erst einmal deine Strafe fällig."

Mit diesen Worten drehte er mich auf den Bauch, gab mir einen Klaps auf den Po. „Sechs Schläge waren es. Dies ist er erste. Ab jetzt wirst du mitzählen und dich jedes Mal bedanken. Ist das klar?"

Wieder stieg Hitze in mir auf. „Ja, Sir, das ist klar", keuchte ich.

Der zweite Schlag traf mich unvorbereitet. Er war wesentlich fester als der vorherige. „Zwei, danke Sir", wimmerte ich.

„Drei, danke Sir." Wieder schlug er fester zu. Das schmerzte im ersten Moment, doch dann kribbelte meine Haut nur noch. Ich wollte mehr!

Das schien er zu bemerken, denn der nächste Schlag ließ auf sich warten. Stattdessen raunte er mir zu: „Gefällt es dir?"

„Oh ja, Sir", ich reckte mich ihm entgegen. Doch statt mich weiter zu bestrafen, massierte er meinen Po, übersäte dann meinen Rücken mit Küssen.

„Bitte, Sir!"

Er lachte kehlig auf. „Du kannst wohl nicht genug bekommen."

Wieder schlug er hart zu.

„Vier, danke Sir!" Dieser Schlag tat verdammt weh, doch nur im ersten Moment, dann fühlte es sich einfach nur gut an.

Schließlich hatte ich meine Strafe bekommen. Sechs Schläge, die mich so heiß wie nie machten.

Sacht drehte Mick mich zu sich um. „Überstanden, Kleines", sagte er sanft und nahm mich in den Arm.

Oh nein!

Das würde und konnte jetzt nicht alles gewesen sein! Ich wollte von ihm genommen werden, so, wie er es vorhin gesagt hatte. „Bitte, Sir", flüsterte ich, vergrub den Kopf an seiner Brust, atmete seinen Duft ein. Das Gefühl seiner Haut auf der meinen zu spüren machte mich wahnsinnig.

„Bitte, ich möchte mehr!"

Behutsam strich er mit den Fingernägeln über meinen Rücken, was mich erschauern ließ.

„Eigentlich sollte es genug sein", sagte er.

„Oh nein, Sir. Bitte! Ich möchte dich in mir spüren."

„Nichts wird wie vorher sein, wenn ich das tue, Kleines. Das sollte dir klar sein."

Nachdenklich schaute er mich an. „Ich weiß nicht, ob das gut für dich ist."

„Das kann ich ganz gut allein entscheiden. Ich bin schon ein großes Mädchen, weißt du."

Ich strich mir über die Brüste, spielte mit meinen Nippeln. „Bitte, Sir."

„Bist du ganz sicher?"

„So sicher wie noch nie im Leben."

Er stand langsam auf und ohne mich aus den Augen zu lassen entledigte er sich seiner Kleidung, kam zurück zu mir aufs Bett.

„Spreiz die Beine", befahl er mir.

Sofort tat ich wie mir geheißen. Er kniete sich zwischen meine Oberschenkel, rieb seine Erektion an mir, schob sein Glied dann langsam in mich.

Ich stöhnte auf, kam ihm entgegen, um mich ganz von ihm ausfüllen zu lassen. Doch er zog sich zurück, ließ mich wimmern und bitten. Dann stieß er wieder hart zu. Das fühlte sich unglaublich gut an. Ich umschlang ihn mit meinen Beinen. Wieder versenkte er sich bis zum Anschlag in mir, um sich dann weit zurückzuziehen. Ich fühlte den nahenden Orgasmus.

„Du wirst noch nicht kommen", raunte er mir zu.

Ich keuchte. „Bitte, tu mir das nicht an!"

„Versuch es!"

Krampfhaft versuchte ich den Orgasmus zurückzuhalten. Schweiß überzog meine Haut. Ich wandte mich unter ihm.

„Schau mich an", befahl er mir endlich. „Ich will dir in die Augen sehen, wenn du kommst."

Ich öffnete die Augen, sah ihn an. Im selben Moment erschütterte mich ein Orgasmus.

Mick bewegte sich schneller, stieß ohne Rücksicht zu. Immer intensiver spürte ich ihn. Ich würde noch einmal kommen. Wieder zogen sich meine Muskeln zusammen.

Als er seinen Mund auf den meinen senkte, biss ich ihm in die Unterlippe.

„Du kleines Biest!"

Er packte mich schmerzhaft fest, griff in mein Haar, so dass ich den Kopf nicht mehr bewegen konnte.

„Sie mich an", knurrte er wieder, während er mich unglaublich hart fickte.

Ich warf mich ihm entgegen, erwiderte Stoß für Stoß, bis er sich schließlich in mich ergoss und auch ich keuchend und wimmernd noch einmal kam.

Für eine Weile blieb er auf mir liegen, gab mir winzige Küsse, hüllte mich mit seiner Präsenz ein, während ich seinen Rücken streichelte. Wir genossen beide die Ermattung.

Schließlich legte er sich neben mich, zog mich ganz dicht zu sich. „Du bist die perfekte Sub. Jedenfalls für mich. Das habe ich mir schon gedacht. Wie bist du nur auf den Gedanken gekommen, dass du eine Domina sein könntest. Und vor allem: Mit was für merkwürdigen Männern hattest du bisher nur zu tun?", sagte er leise, während er meinen Rücken streichelte.

„Ähm … lass uns später darüber sprechen", murmelte ich.

Einerseits, weil ich keine Antwort auf seine Fragen hatte und andererseits, weil ich mich so schön müde und zufrieden fühlte. Doch Mick ließ nicht locker. „Stimmt es wirklich, dass du jede Menge Kerle gehabt und sie alle dominiert hast oder war das nur eine Behauptung, um an den Job zu kommen? Wobei mir nicht ganz klar ist, warum du dich als Domina bewirbst, wo du eindeutig devot bist. Ich hatte erst vermutet, dass du eine Switcherin bist, aber das glaube ich inzwischen auch nicht mehr."

„Och, dass es eine Behauptung war, um an den Job zu kommen kann man jetzt nicht so sagen."

Mit einem Schlag war ich wach.

Was sollte ich ihm jetzt erzählen? Auf keinen Fall durfte er wissen, dass ich den Job haben wollte, um an Insiderwissen zu kommen, das ich anschließend veröffentlichen wollte. Nebenbei bemerkt war ich mir gar nicht mehr so sicher, ob ich das überhaupt machen würde. Egal, es würde mit Sicherheit das Ende unserer wie auch immer gearteten Beziehung bedeuten. Mick würde mich zum Teufel jagen.

Doch dieser Mann ging mir wirklich unter die Haut. Was ich gerade erlebt hatte, fasziniert mich. Ich wünschte mir mehr davon.

Ich steckte also in einem ganz schönen Schlamassel. Ich entschloss mich, ihm so viel zu sagen, wie ich konnte und setzte mich auf, um ihn besser anschauen zu können.

„Glaub mir bitte. So etwas wie mit dir habe ich noch nie erlebt. Ich bin davon völlig überrollt worden und habe nicht geahnt, dass ich in devot bin. Die Sessions als Domina haben mir wirklich keinen großen Spaß gemacht. Aber ich als Sub - das konnte ich mir bisher überhaupt nicht vorstellen. Doch mit dir ist alles möglich."

Den letzten Satz sagte ich ganz leise. Er entsprach ja genau meinen Gefühlen.

„Ich verstehe, dass dies alles neu für dich ist. Dass dich alles ein bisschen überfordert. Aber auf jeden Fall gehörst du mir", sagte er mit fester Stimme. „Kein anderer wird deinen Körper so benutzen, wie ich das tue. Das kann und werde ich nicht ertragen. Ich habe dir gesagt, dass sich alles verändern wird. Es gibt kein Zurück mehr für uns beide. Wir gehören zusammen."

Ich schaute ihm mit offenem Mund an. Damit hatte ich nicht gerechnet, aber dieser Mann war für mich sowieso absolut unberechenbar.

„Aber, aber, wie soll es denn jetzt weitergehen …", stammelte ich fassungslos.

„Du wirst definitiv nicht als Domina arbeiten, Kleines. Wenn du unbedingt im Club tätig sein möchtest, dann hinter der Bar. Du erwähntest bei dem Einstellungsgespräch, dass du das schon mal gemacht hast. Das würde ich dir erlauben. Aber nicht gern. Noch lieber wäre es mir, wenn du im Hintergrund arbeiten würdest. Ich könnte mir vorstellen, dass du die Koordination der Kundentermine übernimmst. Wir suchen händeringend jemanden, der Denise entlastet. Das ist bisher nämlich ihr Job. Abe sie hat wirklich genug anderes zu tun."

Tränen traten mir in die Augen. Mick vertraute mir also vorbehaltlos. Denn dies war ein wirklicher Vertrauensjob, weil ich an alle Kundendaten kommen würde. Noch vor ein paar Tagen hätte ich einen Jubeltanz aufgeführt, jetzt machte mich das Angebot total hilflos.

Ich glaube dies war genau der Moment, in dem ich mich endgültig in ihn verliebte. Gleichzeitig war dies aber auch der Moment in dem ich beschloss, sein Vertrauen niemals und unter gar keinen Umständen zu enttäuschen.

Mick legte seine Hand unter mein Kinn, hob meinen Kopf an, damit ich ihn voll ansah.

„Das ist aber kein Grund, um zu weinen", sagte er sanft.

Ich blinzelte die Tränen fort, gleichzeitig musste ich lachen. „Ich freue mich einfach, dass du mir vertraust und dass ich wichtig für dich bin."

Er schaute mich ernst an. „Ich habe mit dir alles gefunden, was ich je wollte, Kleines."

11

Ich arbeitete also tatsächlich im Shadow!
Um genau zu sein in den Büroräumen des
Clubs.

Denise war zunächst nicht besonders er-
freut gewesen, doch sie kriegte sich bemerkenswert schnell wieder ein. Sicherlich
auch, weil mir die Arbeit leicht von der
Hand ging und sie dadurch wirklich entlastet wurde.

Auch mit Thomas kam ich super klar. Er
war fast immer gut gelaunt, was natürlich
auch daran liegen konnte, dass er und
meine Schwester sich häufig trafen und
gut zusammenzupassen schienen. Mara
sah ich nicht besonders häufig, da die Ar-
beitszeit im Club erst am Nachmittag anfing und bis in die Nacht ging.

Dann war da ja auch noch Mick. Mein
Dom. Der Mann, der eine Saite in mir zum
Klingen brachte, von der ich bislang nichts
gewusst hatte. Der Mann, der zärtlich und
fordernd, sanft und ein wenig brutal sein
konnte. Der Gefühle in mir weckte, die

mich nach wie vor überwältigten, und der mich langsam und vorsichtig in die Welt des BDSM einführte.

Manchmal schaute er mich nachdenklich und fragend zugleich an. Dann wurde mir kalt und heiß zugleich, denn mir war klar, dass ich ihm die Wahrheit sagen musste. Auch würden meine Semesterferien nicht ewig dauern.

‚Später, Laura', sagte ich mir dann. ‚Genieß das erst einmal. Warte ab, bis sich der passende Moment ergibt.'

Aber wie das so ist … Der Moment war irgendwie nie richtig. So schwindelte ich mich weiter durch die Tage und beschwor meine Schwester, Thomas nichts zu verraten.

„Das ist nicht richtig. Du solltest endlich klar Schiff machen", riet sie mir. „Was meinst du wie Mick reagiert, wenn zufällig rauskommt, was du eigentlich geplant hattest."

Ich zuckte resigniert mit den Schultern. „Das ist mir völlig klar. Aber es ist nicht so einfach, wie du dir das vorstellst. Es läuft gerade fantastisch zwischen uns. Was, wenn er dann nichts mehr von mir wissen will."

„Dann ist er nicht der Richtige, würde ich mal sagen. Laura, bitte, trau dich doch einfach. Was machst du, wenn das neue Semester anfängt? Oder willst du dein Studium schmeißen?"

„Auf keinen Fall", rief ich empört aus. „Ich werde mir schon noch was einfallen lassen. Mach dir mal keine Sorgen und kümmere dich um deinen Thomas."

Wie immer, wenn der Name Thomas Bain fiel, bekam meine Schwester einen verklärten Gesichtsausdruck.

„Er ist einfach so toll. Ganz anders als sein Bruder." Sie registrierte mein missbilligendes Stirnrunzeln und ruderte zurück. „Damit meine ich nicht, dass Mick nicht auch toll ist. Aber ein bisschen düster wirkt er schon auf mich. Und seine sexuellen Präferenzen – also das ginge für mich gar nicht. Thomas ist eben ganz normal. Also – normal seid Mick und du auch ....", sie verstummte.

„Jetzt rede dich mal nicht um Kopf und Kragen, Schwesterherz", grinste ich. „Ist schon gut. Wann ist die Hochzeit?"

Heute war ich ein bisschen spät dran. Eilig betrat ich den Fahrstuhl und drückte den entsprechenden Knopf, um schnell an meinen Arbeitsplatz zu kommen. Hinter mir drängte sich noch jemand in die Kabine. Im Umdrehen registrierte ich lange blonde Haare, eine riesige Gestalt.
Thor stand vor mir und grinste mich unverschämt an.
„Hallo. Da ist ja die Möchtegern Domina."
Demonstrativ drehte ich mich um. Thor war der letzte, mit dem ich mich unterhalten wollte.
„Nicht so schüchtern", erscholl sein lauter Bass hinter mir. „Du lässt dich doch vom Boss vögeln. Besorgt er es dir denn auch gut? Versuch es doch mal mit mir. Ich würde dich zum Jaulen und zum Wimmern bringen, bevor ich meinen Hammer in dich ramme. Oder machst du die Beine nur breit, damit du Bain abzocken kannst?"

Ich glaubte meinen Ohren nicht zu trauen. Was erlaubte sich dieser fiese Kerl. Vor lauter Wut konnte ich kaum atmen.

‚Bleib ruhig. Lass dich nicht provozieren.'

Doch alle guten Vorsätze verschwanden mit einem Schlag, als ich mich langsam umdrehte und Thors widerliches Grinsen sah.

„Du dämlicher Möchtegern Wikinger", zischte ich ihn an. „Ehe ich mich von dir anfassen lasse, werde ich lieber eine frigide Betschwester. Und dein Hämmerchen – ach du meine Güte. Wenig Hirn, nix in der Hose aber ein großes Maul, was. Quäl du mal lieber deine ältlichen Opfer und lass mich in Ruhe. Deine Klientel besteht ja wohl in der Regel aus angehenden Omas."

Ich wedelte mit der Hand und zog die Nase kraus. „Bäh, du stinkst ja immer noch nach einem dieser miesen Altfrauenparfüms."

Das war keine Erfindung von mir. Bei der Koordination der Kundentermine hatte ich festgestellt, dass in der Mehrzahl reife Frauen mit Thor spielen wollten.

Zum Glück hielt der Fahrstuhl gerade jetzt auf meine Etage. Schnell schlüpfte ich durch die sich öffnende Tür. Ein Blick zurück zeigte mir einen mit offenem Mund dastehenden Hünen, der mir mit geballten Fäusten nachstarrte.

„Und einen schönen Tag noch", flötete ich und drehte mich endgültig um.

„Verdammt!" Im Büro angekommen knallte ich meine Tasche auf den Schreibtisch.

„Alles gut?" Mick stand unbemerkt von mir vor dem Fenster und musterte mich belustigt. „Du bist spät dran. Ich habe mir schon Gedanke gemacht. Was ist dir denn über die Leber gelaufen?"

Langsam zog ich die Jacke aus und hängte sie über meinen Bürostuhl. „Nicht über die Leber, sondern über den Weg. Thor! Muss ich noch mehr sagen?"

Mick schaute mich alarmiert an. „Ist er zudringlich geworden? Du kannst es mir ruhig sagen, dann nehme ich ihn mir sofort zur Brust. Niemand fasst mein Eigentum an."

Sein Eigentum? Ich konnte es nicht fassen. Waren die Männer denn heute alle durchgedreht?

„Also erst einmal bin ich nicht dein Eigentum. Ich gehöre nur mir allein. Zweitens werde ich mit dem Freak schon selbst fertig. Mach dir keine Sorgen."

Mit zwei Schritten war Mick bei mir. „So, du gehörst mir nicht? Das wollen wir doch gleich mal sehen."

Er senkte den Kopf, küsste mich. Wie von selbst öffneten sich meine Lippen. Gierig saugte ich an seiner Zunge.

Dieser Mann brachte mich um den Verstand. Sobald er mich anfasste, wurde ich feucht, hätte ihn am liebsten sofort vernascht. Na ja – wäre am liebsten sofort von ihm vernascht worden, das traf es schon eher, denn er war der dominante Partner unserer Beziehung.

Jetzt fuhr er mit der Hand unter meinen Rock, tastete über den Rand meiner halterlosen Strümpfe hinweg und strich über meine Muschi, fühlte meine Nässe.

„Wie ich es mir dachte. Bereit für mich", raunte er mir ins Ohr.

„Aber Sir, doch nicht hier", wisperte ich zurück. „Es kann jeden Moment jemand hereinkommen."

„Na und? Wenn ich es wollte, würde ich dich hier und jetzt auf den Schreibtisch setzten und durchvögeln, dass dir Hören und Sehen vergeht."

Ich schluckte. Die Situation war mir peinlich, machte mich jedoch gleichzeitig an. „Ist das ein Befehl, Sir?", fragte ich so unschuldig wie möglich.

Er lachte laut auf. „Das ist meine Kleine! Nein, das war kein Befehl, sondern eine Feststellung. Und es ist der Beweis dafür, dass du mir gehörst. Mir ganz allein. Sag es", befahl er streng.

Ich senkte den Blick. Im Grunde hatte er recht. Ich fühlte mich ihm mit Haut und Haaren zugehörig.

„Ich gehöre dir, Sir, und ich möchte es nicht anders haben." Plötzlich war alle Vorsicht, aller Zweifel wie weggeblasen.

Ich musste es einfach aussprechen: „Ich liebe dich."

Für einen Moment stand Mick einfach nur da und schaute mich an. Dann nahm er mich in die Arme. Vorsichtig, als wäre ich aus super zerbrechlichem Glas.

„Danke für dein Vertrauen, meine Kleine", flüsterte er mir zu. „Ich werde es nie missbrauchen, dich niemals enttäuschen, weil …" hier stockte er, um dann noch leiser fortzufahren. „Weil ich dich nämlich auch liebe. Ich habe dich gesehen und gewusst, dass du die einzig Richtige für mich bist."

‚Jetzt ist der Zeitpunkt gekommen. Du musst es ihm sagen, sofort', fuhr es mir durch den Kopf.

„Mick! Ich muss dir etwas erzählen …"

In diesem Moment öffnete sich die Bürotür, Denise betrat den Raum. „Ich störe euch Turteltäubchen ja ungern, aber es ist wichtig. Mick, würdest du bitte in mein Büro kommen!"

Mick löste sich von mir. „Okay, ich komme sofort mit. Sorry, Laura. Wir sprechen später weiter, ja. Aber ich werde auf jeden

Fall ein ernstes Wort mit Thor reden. Er soll es nicht wagen, dich in Zukunft zu belästigen."

Weg war er.

Ich ließ mich in meinen Bürostuhl sinken, wusste nicht genau, ob ich erleichtert oder enttäuscht sein sollte.

Trotzdem musste ich ihm unbedingt die Wahrheit sagen, das war mir völlig klar.

12

Ein paar Tage später.
Ich hatte früher Feierabend gemacht, denn Mick wollte mich zum Essen ausführen. Anschließend wollte er mich überraschen.

„Mach dich hübsch, meine Süße", hatte er mir gesagt. „Wir werden groß ausgehen."
Ich war ganz kribbelig. Wie sollte die Überraschung wohl aussehen? Trotz aller Überlegungen war mir keine Idee gekommen, was Mick vorhatte.

Ungeduldig hämmerte ich zum x-ten Mal auf den Fahrstuhlknopf.

Natürlich!

Wenn man es eilig hatte, kam das verflixte Ding nicht. Dann würde ich eben die Treppe nehmen.

Im Treppenhaus war es wie immer düster und kalt. Fröstelnd zog ich meine Jacke über der Brust zusammen und lief die Stufen hinunter.

In der nächsten Etage öffnete sich die Tür. Wahrscheinlich hatte noch jemand vergeblich auf den Fahrstuhl gewartet und die Geduld verloren.

Nichtsahnend kam ich auf dem Treppenpodest an und stand vor dem unsäglichen Thor.

Oh nein, nicht dieser Mann!

Wortlos wollte ich an ihm vorübergehen, doch er packte blitzschnell meinen Arm.

„Wen haben wir denn hier?", knurrte er.

Vergeblich versuchte ich, seine Hand abzuschütteln. „Lass mich sofort los!"

„Und wenn ich das nicht tue? Läufst du dann wieder zu deinem Stecher und verpetzt mich?", lachte er höhnisch. „Bain kann dir jetzt auch nicht helfen."

Ohne auf meine Proteste zu achten, zerrte er mich durch die Tür in den Club.

Verzweifelt schaute ich mich um. Ausgerechnet jetzt lag der Gang in dem wir standen verlassen vor uns. Dabei war um diese Zeit einiges los. Ohne zu zögern öffnete Thor eine Tür und schob mich in das Zimmer.

Ein Spielzimmer! Es gab ein riesiges Bett, das an allen vier Pfosten mit Handschellen ausgestattet war. Daneben stand ein Bock. An den Wänden hingen verschiedene Gerätschaften, die alle dazu dienten, jemanden zu schlagen.

Entsetzt registrierte ich, dass Thor die Tür des Zimmers abschloss und den Schlüssel einsteckte. Dann grinste er mich obszön an. „So, jetzt sind wir ganz unter uns."

Ich hatte neulich in einem Artikel gelesen, dass man versuchen sollte, mit Entführern möglichst vernünftig zu reden und niemals panisch zu reagieren. Ich zwang mich zu einem Lächeln.

„Es tut mir leid, dass ich letztens im Fahrstuhl überreagiert habe. Wirklich! Das kommt nicht wieder vor. Schließ einfach die Tür auf und wir vergessen die Sache. Wir fangen noch mal von vorne an, ja. Ich werde Mick ganz bestimmt nichts sagen."

„Das hättest du wohl gern, was. Wenn ich dich rauslasse, dann rennst du heulend los und erzählst allen möglichen Mist über mich. Genau wie letztens. Bain hat mir echt gedroht, mich vor die Tür zu setzten!

Ist das zu fassen. Alles nur wegen einer dämlichen Fotze wie dir."

Langsam kam er auf mich zu.

Es ist eine Sache, einen Artikel über Entführungsopfer zu lesen und eine andere, selbst bedroht zu werden. Panik überrollte mich. Hastig wich ich zurück, bis ich die Wand in meinem Rücken spürte. Verzweifelt überlegte ich, was ich tun konnte.

Indessen hatte sich Thor direkt vor mir aufgebaut. „Wir werden jetzt spielen. Ich habe dir gesagt, dass ich dich zum Wimmern bringen werde, bevor ich dich durchficke. Zieh dich aus, sofort."

Ich schüttelte den Kopf. „Nein!" Entschlossen überkreuzte ich die Arme vor der Brust. Niemals würde ich mich von diesem Fiesling anfassen lassen. Koste es, was es wolle.

Thor griff zu einer Peitsche. „Wie du willst. Wenn du es nicht freiwillig machst, werde ich dir deine Klamotten vom Körper peitschen." Drohend hob er den Arm. „Das ist deine letzte Chance."

Meine Knie schlotterten so, dass ich mich kaum auf den Beinen halten konnte. Ich öffnete den Mund, wollte ihm sagen, dass ich ihm niemals zu Willen sein würde, aber ich brachte kein Wort heraus. Meine Zähne schlugen aufeinander. Noch nie im Leben hatte ich eine solche Angst gehabt und glaubte, das höhnische Grinsen in seinem Gesicht keine Sekunde länger ertragen zu können. Er war total durchgedreht. Also drehte ich mich einfach um, stand jetzt mit dem Gesicht zur Wand.

„Deine Entscheidung", mit diesen Worten schlug er zu.

Obwohl ich komplett bekleidet war, spürte ich einen brennenden Schmerz auf meinem Rücken. Ich ging in die Knie, versuchte mit den Armen meinen Kopf zu schützen.

Wieder und wieder schlug Thor zu, so hart, dass es mir die Tränen in die Augen trieb.

‚Mick, wo bist du', war das Einzige, was ich denken konnte.

Noch ein Schlag. Ich schluchzte auf.

„Dir werde ich es zeigen, du Drecksstück. Ziehst du dich jetzt aus", schrie mein Peiniger.

Ich krümmte mich noch mehr zusammen, was ihn veranlasste mich wieder zu schlagen.

Plötzlich gab es einen Riesenknall. Die Tür flog auf und Mick stand im Raum.

So hatte ich ihn noch nie gesehen. Er war leichenblass, eine Ader pochte auf seiner Stirn. Mit geballten Fäusten stürzte er sich auf Thor, der gar nicht dazu kam, sich zu verteidigen. Mick riss ihn zu Boden und bearbeitete sein Gesicht mit den Fäusten. Knochen knackten. Blut schoss aus Thors Nase.

Schließlich zerrten die Sicherheitsleute, die nach Mick ins Zimmer gekommen waren, ihn von Thor weg. Schwer atmend stand er über dem am Boden Liegenden. Dann fiel sein Blick auf mich. Schnell kam er zu mir, hob mich vorsichtig vom Boden auf.

„Mein Gott, Kleines. Es tut mir so leid, dass wir die Tür nicht schneller aufbrechen konnten. Was hat dieses Schwein dir nur angetan!"

‚Mick ist hier. Mir kann nichts mehr passieren!'

Erleichtert schloss ich die Augen, lehnte meinen Kopf an seine Brust.

Behutsam legte Mick mich auf dem Bett ab. „Der Doc ist gleich da. Er wird deinen Rücken versorgen."

Ich verzog schmerzhaft das Gesicht und setzte mich vorsichtig auf. Erst jetzt merkte ich, dass mein Rücken blutete.

Viel später lag ich in Micks Armen. Der Arzt hatte meine Wunden versorgt und mir ein Schmerzmittel verabreicht. Zum Glück waren die Verletzungen nicht so schlimm, wie es im ersten Augenblick ausgesehen hatte. Auch, weil ich durch meine Kleidung ein wenig geschützt gewesen war. Thor wurde der Polizei überantwortet, die ihm abgeführt hatte.

Dann waren wir zu Mick gefahren.

Jetzt lagen wir in seinem Bett. „Es ist ein Glück, dass der Wachmann, der an den

Monitoren saß, so aufmerksam gewesen ist", sagte Mick. „Wie du ja weißt, werden alle Spielzimmer videoüberwacht. Erst hat er gedacht, Thor und du würden spielen, was ihn allerdings verwundert hat. Aber schnell hat er gecheckt, dass es kein Rollenspiel war. Er hat dann sofort Alarm geschlagen, aber bis wir die Tür aufgebrochen hatten, hat es einige Zeit gedauert. Ich werde es mir überlegen, ob wir die massiven Türen nicht gegen etwas weniger haltbare austauschen werden", fügte er mit einem Lächeln hinzu.

Dann wurde er ernst. „Kleines, ich habe solche Angst um Dich gehabt. Ich habe gedacht ich sterbe, wenn dir etwas Schlimmes passiert. Das darf nie wieder geschehen."

Ich musste unwillkürlich grinsen. „Das sollte natürlich nie wieder passieren. Übrigens: wer wird schon zweimal entführt. Das muss ein ausgesprochener Pechvogel sein."

Mick musterte mich streng. „Darüber solltest du keine Witze machen. Eigentlich wollte ich heute groß mit dir ausgehen. Es sollte ein richtig schöner Abend für dich werden. Zum Abschluss wollte ich dich fragen, ob du mit mir zusammenleben möchtest. Ich fände es wunderbar, wenn du bei mir einziehst. Platz genug ist vorhanden."

Überrascht schaute ich ihn an. Damit hatte ich nicht gerechnet. Und immer noch stand mein Geheimnis zwischen uns. Wie würde er reagieren, wenn ich ihm alles beichtete?

Mick deutete mein Schweigen falsch. „Wenn du nicht hier mit mir wohnen möchtest, dann können wir uns natürlich auch eine andere Wohnung suchen. Die kannst du dann ganz nach deinem Geschmack einrichten. Aber du kannst hier auch alles ummodeln. Hauptsache du lebst mit mir zusammen."

Wenn die Lage nicht so ernst gewesen wäre, hätte ich laut gelacht. Mein Dom war plötzlich ganz kleinlaut und ein wenig unsicher. Diese Seite an ihm hatte ich noch gar nicht kennengelernt. Ich schüttelte den Kopf.

„Heißt das nein?", fragte Mick.

„Ja, nein, ja!" Ich fiel ihm um den Hals. „Ich würde sehr gern mit dir leben, aber jetzt muss ich dir etwas sagen. Wenn du mich dann noch haben willst …"

Endlich erzählte ich Mick alles. Dass ich Journalistik studierte, dass ich mich als Domina im Shadow beworben hatte, weil ich den großen Coup witterte. Dass ich, wie er richtig vermutet hatte, überhaupt nicht dominant war, aber bis wir uns begegnet waren auch keinen Schimmer davon hatte, dass ich devot war.

Das alles redete ich mir von der Seele, denn es hatte mich ganz schön belastet. Schließlich schwieg ich und hielt die Luft an.

Mick hatte mir schweigend zugehört. Keine Gesichtsregung verriet, was er dachte. Jetzt fixierte er mich finster.

‚Oh je! Wahrscheinlich wird er dich jetzt vor die Tür setzen, weil er dir nicht mehr vertrauen kann', dachte ich.

Okay, wenn das so war, dann würde ich von selbst gehen, so lange ich noch einen Rest von Würde hatte.

Ich stand auf. „Ich geh dann mal", sagte ich so selbstsicher wie möglich. „Falls du noch etwas mit mir zu tun haben willst, kannst du mich gern anrufen."

„Setz dich sofort wieder hin", donnerte er mich an.

Erschrocken und auch ein bisschen erleichtert ließ ich mich auf das Bett sinken.

„Journalismus, ja?", sagte er, ein wenig leiser.

„Journalismus, richtig, Sir."

„Du willst zu Ende studieren?"

„Ja, Sir. Das neue Semester fängt in 14 Tagen an."

„Gut!"

„Gut, Sir?"

Irrte ich mich oder umzuckte ein Lächeln seine Lippen.

„Gut, dass du die korrekte Anrede gewählt hast. Und gut, dass du mir endlich die Wahrheit sagst. Es wird wirklich Zeit. Zumal deine Schwester keine Geheimnisse vor Thomas hat."

Ich hätte es mir denken können. Mara, diese falsche Schlange hatte aus dem Nähkästchen geplaudert. Dabei hatte sie mir hoch und heilig geschworen, nichts zu verraten. Ich nahm mir vor, ein ernstes Wort mit ihr zu reden.

„Wie lange weißt du es schon?", fragte ich zaghaft.

„Lange genug, um mir eine Strafe für dich auszudenken."

Bei diesen Worten wurde mir heiß. „Wie soll diese Strafe aussehen, Sir?"

Jetzt grinste Mick. „Das wirst du erfahren, wenn es so weit ist. Glaub mir, es wird nicht leicht für dich sein."

Plötzlich wurde er ernst. „Aber sei unbesorgt, so wie Thor würde ich mich niemals aufführen. Was er getan hat ist krank. Bitte glaub mir das, Kleines. Ich würde nie etwas tun, was du nicht möchtest."

„Das weiß ich. Und du musst mir glauben: Ich hätte niemals etwas über das Shadow in die Öffentlichkeit gebracht. Nicht, nachdem wir zusammengekommen sind. Du kannst mir wirklich vertrauen."

Mick nahm mich in seine Arme. „Davon gehe ich aus. Aber jetzt solltest du dich ausruhen. Oder gibt es noch irgendwelche Dinge, die du mir beichten willst?"

„Nein, aber ich hätte da noch eine Frage? Gilt dein Angebot noch? Wenn ja – wann kann ich hier einziehen?"

13

Das alles ist inzwischen drei Monate her.
Ich habe mein Studium fortgesetzt. Trotzdem versuche ich weiterhin im Club auszuhelfen und Denise zu entlasten.

Ein paar Tage nach unserem Gespräch bin ich bei Mick eingezogen. Natürlich hatte ich Bedenken, ob es wirklich mit uns klappt, doch die haben sich schnell in Luft aufgelöst. Das Zusammenleben ist einfach nur schön. Ich könnte mir keinen perfekteren Partner vorstellen.

Mara ist durch meinen Auszug aus unserer WG schon genug gestraft gewesen. Nebenbei bemerkt war sie das schlechte Gewissen in Person, als ich sie zur Rede stellte. Also konnte ich ihr nicht lange böse sein. Wie denn auch, sie ist ja schließlich meine beste Freundin.

Mit Thomas und ihr läuft es gut. Es würde mich nicht wundern, wenn die beiden eines Tages wirklich heiraten würden.

Die grundlegenden Veränderungen in meinem Leben sind mir leichtgefallen.

Weil sie richtig waren. Richtige Dinge fühlen sich immer leicht an.

Heute warte ich gespannt auf Mick. Er hat
zwar nur Andeutungen gemacht, aber ich
ahne, dass er mich heute bestrafen will, so
wie er es mir angekündigt hat, als ich ihm
alles beichtete. Ich vermute er hat so lange gewartet, damit ich die Geschehnisse
mit Thor in Ruhe verarbeiten konnte. Dabei gibt es keine Parallelen zwischen ihm
und dem durchgeknallten Widerling.
Ich höre den Schlüssel in der Tür. Das
muss er sein. Ruhig bleibe ich sitzen, er-
warte ihn im Arbeitszimmer, wo ich für
mein Studium gelernt habe. Schließlich
kommt er ins Zimmer, stellt einen Rucksack ab.
Nervös lecke ich mir über die Lippen. „Ist
das …"
„Ja, heute wirst du deine Strafe erhalten."
Ohne ein weiteres Wort packt er den
Rucksack aus: Ledermanschetten, Paddles,
eine Gerte, Nippelklemmen.
„Kein Rohrstock?", frage ich.

Mick ist kurz angebunden. „Nein. Kein Rohrstock. Wie lautet dein Safeword?"

Mich sticht der Hafer, ich muss ihn einfach provozieren. Deshalb sage ich: „Mistkerl."

„Frech wie immer", grinst er. „Dann kann es losgehen." Er streicht über mein Haar. „Strafe muss sein, Kleines."

„Ich weiß, Sir." Der Gedanke an die nun folgende Bestrafung erregt mich. „Was möchtest du, dass ich tue?"

„Wie wäre es, wenn du dich mit dem Oberkörper auf den Schreibtisch legst." Er wischt mit einer Bewegung meine Unterlagen auf den Boden.

„Hier?", frage ich verblüfft. Damit habe ich nicht gerechnet.

„Hier, leg dich über den Schreibtisch und mach deinen süßen Hintern frei."

Der Befehl lässt mich schwer atmen. Ich ziehe meine Hose und den Slip hinunter, lege mich wie befohlen auf den Schreibtisch. Er lässt sich Zeit, streicht mir über den Po, lässt seine Finger ins Zentrum meiner Lust gleiten.

„Du bist feucht", stellt er fest, gibt mir einen Klaps. „Das hatte ich erwartet. Es mach dich jetzt schon an. Ich beginne das Spanking mit dem Paddle."

Mick hat mich bisher nie mit etwas anderem als seiner Hand geschlagen. Nun soll es also ein Paddle sein. Das macht mich nervös. Angespannt nicke ich.

Das Paddle saust durch die Luft, klatscht auf mein Hinterteil. Ich schnappe überrascht nach Luft, denn ich hatte alles erwartet, aber nicht, dass es sich es sich gut anfühlt.

Richtig gut!

Wieder schlägt Mick zu, lässt aber bald von mir ab.

Ich bleibe auf dem Schreibtisch liegen, keuchend, die Stirn auf der Platte, die Hände an die Schreibtischplatte gekrallt.

„Wie ist es für dich?", fragt Mick.

„In Ordnung. Bitte mach weiter, Sir."

„Okay, ab sofort bedankst du dich für jeden Schlag."

Natürlich leiste ich diesem Befehl folge, merke, dass ein Lusttropfen meine Schenkel hinunterläuft. Mick bemerkt es, natürlich auch, sagt aber nichts dazu.

„Jetzt gibt es eine Steigerung", erklärt er lässig. Dann lässt er die Hände unter mein T-Shirt gleiten, schiebt es hoch.

„Gut, du trägst keinen BH", stellt er fest. „Jetzt werde ich die Gerte nehmen. Du bekommst insgesamt viert Schläge, zwei auf den Hintern und zwei auf die Schulter."

Als mich die Gerte zum ersten Mal trifft, zucke ich zusammen. Das tut richtig weh. Es ist nicht zu vergleichen mit dem Paddle.

„Die Schläge hast du dir redlich verdient", murmelt Mick.

„Ich weiß, Sir", seufze ich. „Bitte bestraf mich weiter."

Er gibt mir die restlichen Schläge, die ich hinnehme.

„Steh auf, dreh dich um", befiehlt er mir. Als ich vor ihm stehe, zieht er mir das Shirt aus, streift auch meine Hose ab.

Anschließend spielt er mit meinen Brustwarzen, umkreist die Spitzen mit dem

Daumen, drückt sie erst leicht, dann fester.

Das fühlt sich so geil an. Ich wimmere unter seinen Händen. Doch dann legt er die erste Nippelklemme an. Tränen schießen in meine Augen, so sehr schmerzt es.

Mick hält inne. „Willst du dein Safeword benutzen?"

Oh nein, das werde ich nicht! Ich schüttele den Kopf.

Zärtlich küsst er meinen Hals, dann legt er die zweite Klemme an. Wieder durchfährt mich der Schmerz.

Er schaut mich für einen Moment an. „Du bist wunderschön", sagt er, dann: „Leg dich wieder über den Schreibtisch.

„Aber ich dachte, mit den Klemmen hätte ich die Strafe hinter mir", rufe ich überrascht und ein wenig panisch aus.

„Wenn du genug hast, dann sag dein Safeword."

Nein!

Ich werde es aushalten, das schwöre ich mir. Also lege ich mich schweigend über den Schreibtisch, versuche, den Kontakt meiner Nippel mit der Tischplatte zu vermeiden.

Ohne Vorwarnung schlägt er mit der Gerte zu. Einmal, zweimal. Ich winde mich vor Schmerzen. Bin trotzdem bis zum Äußersten erregt.

„Du hast es überstanden, Kleines!"

Mick nimmt mich in die Arme, trägt mich ins Schlafzimmer, wo er mich behutsam auf das Bett legt. Vorsichtig löst er die Nippelklemmen. Auch das tut unglaublich weh. Doch der Schmerz ist schnell vorbei.

Mick zieht mich eng an sich, fährt mir zärtlich durchs Haar.

„Ich liebe dich, Kleines."

Ich kuschele mich an ihn. Fühle mich toll, aber es fehlt noch etwas.

„Bitte, Sir", wispere ich, schiebe meine Hände unter sein Shirt, fühle seine nackte Haut unter meinen Fingern. „Bitte nimm mich jetzt."

Er lacht kehlig auf. „Das hättest du wohl gern. Aber das wäre ja dann keine Strafe mehr, sondern eine Belohnung."

„Bestraft hast du mich ja jetzt, Sir. Du bist doch wohl nicht nachtragend, oder. Deshalb wäre es nur richtig, wenn du mich jetzt …", versuche ich ihn aus der Reserve zu locken. „Oder erlaub mir wenigstens, es mir selbst zu machen. Ich bin so heiß, dass ich es sonst nicht aushalte."

Er schaut mich für einen Moment amüsiert an. Dann packt er mich, küsst mich, hungrig, erregt. Also hat ihn die Bestrafung genauso scharf gemacht wie mich! Ich reibe mich an ihm, stöhne lustvoll auf.

„Du kleines Biest schaffst es doch immer wieder", knurrt er. Hastig schiebt er sich die Hose tiefer, dringt in mich ein.

Ich bestehe nur noch aus Gefühl, stöhne. Er packt mich, presst sich an mich, benutzt mich, wie er es braucht. Seine harten Stöße erschüttern mich.

Ich kralle mich an seine Schultern, umschlinge ihn fest mit meinen Beinen. Dann komme ich unglaublich heftig.

Er stößt weiter zu, hart und unnachgiebig, so dass mich ein weiterer Orgasmus über-

rollt, als ich merke, dass er sich in mir ver-
strömt.

Später liegen wir eng zusammen. „Du gehörst mir, so wie ich auch dir gehöre",
flüstert mir Mick ins Ohr.
„Ja, Sir", murmele ich, bevor ich in seinen
Armen einschlafe.

Alizé Siffleur
Zartbitter
Erotischer Roman

Zwei Wochen Strand, Sonne, ein strahlend blaues Meer, Cocktails an der Strandbar, vielleicht auch ein kleiner Urlaubsflirt - so hat Sara sich den Urlaub vorgestellt.

Am Strand lernt sie Marc kennen. Er zieht sie sofort in seinen Bann. Denn er ist dominant, fordert von ihr bedingungslose Unterwerfung. Mit ihm entdeckt sie eine besondere Seite der Lust, von der sie gleichermaßen fasziniert wie abgestoßen ist. Schließlich befielt Marc ihr, nicht nur ihm zu Willen zu sein.

Zartbitter, ein tabuloser Roman voll prickelnde Erotik.

Sympathy with the devil
Versuchung im Spiegel
Roman

Nach einer gescheiterten Beziehung bewirbt sich Kim als Erzieherin. Ihr neuer Arbeitsplatz ist Crannog House, ein alten Herrenhaus, das an der Irischen See liegt.

Obwohl ihr neuer Arbeitgeber Connor Thorburn arrogant und zynisch ist, fühlt sich Kim sofort zu ihm hingezogen. Trotzdem versucht sie, seinem Drängen nicht nachzugeben. Doch bald schon kann sie nicht mehr widerstehen.

Thorburn entpuppt sich als fordernder und rücksichtsloser Liebhaber, aber seine Dominanz fasziniert Kim.

Als er sie allerdings nötigt, beim Sex mit einer anderen Frau zuzuschauen, eskaliert die Situation.

Alizé Siffleur
Mistkerl
Erotischer Roman

Jule weiß genau was sie will:
Einen erfahrenen Mann, der im Leben steht und ihr etwas zu bieten hat. Aber da ist noch Ben, ihr Freund und Nachbar. Er macht sie ganz schön an und sie hat sich mehr als einmal vorgestellt wie es wäre, Sex mit ihm zu haben. Trotzdem will sie sich nicht mit dem drei Jahre jüngeren Ben einlassen.
Aber mit den guten Vorsätzen ist es so eine Sache ...
Nach einem feucht fröhlichen Abend landen Jule und Ben schließlich zusammen im Bett. Hier entdeckt Jule eine ganz neue Seite der Lust, denn Ben ist dominant und fordert von ihr, sich ihm zu unterwerfen. Obwohl Jule es sich nicht eingestehen will, ist sie von seiner Dominanz fasziniert und kann sich ihm nicht entziehen.

Alizé Siffleur
Love Affair
Roman

Anne will sich in Zukunft die Männer vom Hals halten. Schließlich hat ihr Exfreund sie betrogen.

Ihre Freundin Jenny hingegen vernascht einen Mann nach dem anderen.

Als die Freundinnen in einer Bar den attraktiven Luca kennenlernen, geraten Annes gute Vorsätze ins Wanken. Obwohl dieser Mann sie mit seiner Dominanz und seiner arroganten Art zur Weißglut bringt, fühlt sie sich zu ihm hingezogen.

Frech und frivol, so ist dieser Roman.

Alizé Siffleur
Dark Soul
Roman

Katja hatte gedacht ihre beste Freundin Steffi gut zu kennen. Sie staunt nicht schlecht, als die ihr anvertraut, dass sie in einem BDSM Forum einen Mann kennengelernt hat, in den sie sich verliebt hat.

An Steffis Geburtstag lernt Katja Wotan kennen und kann ihn vom ersten Augenblick an nicht ausstehen.

Ganz anders geht es ihr mit Alex, einem Bekannten von Wotan. Dieser Mann zieht sie auf eine Weise an, wie sie es noch nie erlebt hat. Gleichzeitig verunsichert er sie.

Bald macht er ihr ein unmoralisches Angebot: Sie soll sich ihm bedingungslos unterwerfen. Katja lässt sich schließlich darauf ein und entdeckt eine Welt unglaublicher Lust. Doch dann erklärt ihr Wotan, dass Alex sie bald an ihn weiterreichen wird.

Dark Soul, ein Roman voller prickelnder Erotik.

Alizé Siffleur
Saturday Night Fever
erotische Kurzgeschichten

24 erotische Kurzgeschichten, sinnlich und provokant, aber auch romantisch und humorvoll. Alizé Siffleur schreibt über Frauen, die sich nehmen was sie wollen. Sich aber auch einfach nehmen lassen wollen.
Saturday Night Fever, die perfekte Lektüre für sinnliche Stunden.

Alizé Siffleur und Allan P.
Zeig mir Deine Lust

Lustvoll und erotisch. Alizés und Allans Gedichte drehen sich unverkrampft und freizügig um nicht alltägliche Phantasien, um die Freude daran, sich sexuell zu nehmen, was man möchte.
Eine Lektüre, über die ungehemmte Lust.